Enid Blyton

HANNI UND NANNI

sind große Klasse

ILLUSTRIERT VON NIKOLAUS MORAS

Schneider-Buch

Inhalt

Liebe Hanni-und-Nanni-Fans!

Die Bücher von Enid Blyton über die lustigen Zwillinge Hanni und Nanni und ihre Erlebnisse im Internat Lindenhof gibt es seit vielen Jahren. Viele von Euch haben sie gern gelesen. Wir haben eine Menge Leserbriefe zu den beliebten Bänden von Hanni und Nanni bekommen. Briefe von Mädchen, die baten, es sollte weitergehen mit den vergnügten Zwillingen.

Da wir von Enid Blyton noch eine Fülle von unveröffentlichten Manuskripten aus Hannis und Nannis schönsten Internatsjahren haben, entschlossen wir uns, weiterzumachen – und zwar nicht beim Abschied der lustigen Zwillinge von Internat Lindenhof, sondern an ihre heitersten und lustigsten Erlebnisse im Alter von dreizehn, vierzehn Jahren anzuschließen. Ab Band 16 geht es also mit diesen neuen Abenteuern weiter.

Wir wünschen Euch viel Spaß mit diesem neuen Band der Serie über Hanni und Nanni, die sich wieder etwas Tolles einfallen lassen.

Euer Verleger Franz Schneider

Marienkäfer und Grashüpfer

Es war Nachmittag, später Nachmittag. Die Hausaufgaben waren erledigt, das Sporttraining vorbei, die Lindenhof-Mädchen räkelten sich wohlig in der Sonne. Hanni und Nanni lagen mit ein paar anderen auf der Wiese, Hanni im Schatten der großen Blutbuche, Nanni ein paar Meter weiter in der prallen Sonne. Sie waren beide müde und zufrieden. Hanni, weil sie beim Handball wieder einmal eine gute Leistung gebracht hatte. Zwei Tore, das war gut, fand sie selbst. Und die Freundinnen fanden es auch. Hanni war die beste Handballspielerin der Klasse. Höchstens Katrin konnte mit ihr mithalten. Nanni hatte in diesem Sommer ihr Interesse einem anderen Sport zugewandt. Sie übte Kopfsprünge im Schwimmbad und wollte in den nächsten Tagen zum erstenmal einen Salto versuchen. Kunstspringen war ihre neueste Leidenschaft, da mußte Handball vorübergehend ein bißchen in den Hintergrund treten.

Diese verschiedenen sportlichen Aktivitäten waren der Grund dafür, daß die Zwillinge heute nicht wie sonst nebeneinander lagen. Hanni war verschwitzt und dampfte wie ein Kochtopf, so sehr hatte sie sich auf dem Spielfeld verausgabt. Nanni dagegen fröstelte ein bißchen. Sie war zu lange im kalten Wasser gewesen. Deshalb nutzte sie die Nachmittagssonne, um sich aufzuwärmen und noch bräuner zu werden, als sie schon war. Die Zwillinge bräunten schnell und richtig schön knackig, aber Carlotta stahl ihnen jeden Sommer die Schau. Ihren südländischen Hautton erreichten sie nie. Natürlich wäre sie nie auf den Gedanken gekommen, sich wie die anderen Mädchen einzucremen und sich stundenlang in der Sonne zu grillen wie ein Brathähnchen am Spieß. Im Winter war sie blaßbraun, am zweiten Sonnentag dunkelbraun. Elli, die Cousine der Zwillinge, litt unter ihren Spötteleien. Sie schmierte, röstete sich, gab ihr halbes Taschengeld für Sonnenöl aus und pellte sich pausenlos. Eigentlich war sie froh, wenn es Herbst wurde und Carlotta keinen Anlaß mehr hatte, sie als ‚frisch gekochten Krebs‘ oder als ‚zarte kleine Pellkartoffel ohne Haut‘ zu bezeichnen.

Die Sonne flimmerte zwischen den dunkelroten Buchenblättern hindurch und warf bizarre Muster auf den Rasen. Im Blumenbeet nebenan dufteten die Steinnelken. Auf Nannis Bein spazierte ein Marienkäfer. Anne quietschte, weil ein Grashüpfer ihren wohlgerundeten Po als Absprungbasis benutzte. Petra las. Sicher etwas Bildendes, dachte Nanni belustigt und kaute auf einem Sauerampferstengel. Petra las immer nur nützliche Bücher. Sie war die kleinste und jüngste der Klasse und außerdem die beste Schülerin. Dabei wagte es niemand, sie eine Streberin zu nennen. Abgesehen davon, daß den anderen soviel Intelligenz und Eifer schon mal auf die Nerven ging, war gegen Petra nichts zu sagen.

Die genüßliche Faulheit der Mädchen wurde vom Geräusch eines Autos unterbrochen. Ein Wagen kam durch die Einfahrt, hielt im Hof vor der Freitreppe. Ein Mädchen und eine Dame stiegen aus, holten Koffer aus dem Gepäckraum und verschwanden im Haus.

„Schon wieder eine Neue", bemerkte Bobby, die sich bisher in Schweigen gehüllt hatte, voll damit beschäftigt, eine Schorfkruste von ihrem verschrammten Knie abzureißen. Natürlich blutete es jetzt wieder.

„Ob die bei uns landet?" überlegte Hanni. „Sie könnte ungefähr in unserem Alter sein."

Sie hatten das Mädchen alle nur kurz und aus der Ferne gesehen. Sie war nicht besonders groß, eher stämmig und untersetzt, und sie hatte dunkle Haare.

„Bestimmt kommt sie in unsere Klasse", ließ sich plötzlich Carlotta vernehmen. „Wetten, daß...?"

„Woher willst denn du das wissen, du Schlafratz?" lachte Jenni und warf Carlotta eine handvoll Gras in den Ausschnitt. Es war kaum mehr Gras, beinahe Heu, denn der Gärtner hatte am Vormittag gemäht. „Du schnarchst die ganze Zeit und gibst dann Kommentare ab wie ein Orakel. Du hast die Neue überhaupt nicht angeschaut."

„Klar hab ich", grinste Carlotta, während sie die Halme aus ihrer Bluse klaubte. „Ich habe vorhin mein linkes Auge eine Viertelsekunde lang aufgemacht. Das genügt. Wißt ihr, beim Zirkus lernt man schnell zu sein, nicht so tranig wie ihr Zuckermäuse..."

Die Freundinnen lachten und bewarfen Carlotta von allen Seiten mit Gras. Es gab reichlich Munition. Carlotta schoß zurück, es wurde eine richtige Grasschlacht mit Heuduft und ein paar kleinen Käferchen als Zugabe.

Als es am schönsten war, erklang der Gong zum Abendessen.

„Na gut, gehen wir", meinte Hanni und spuckte ein paar abgemähte Gänseblümchen aus. „Ich hab sowieso Hunger."

Petra klemmte ihr Buch unter den Arm, Bobby drückte ein Taschentuch gegen ihr Knie. Hanni wunderte sich, daß ein Marienkäferchen während der ganzen Grasschlacht auf ihrem Bein sitzengeblieben war. Sie transportierte es auf ein Löwenzahnblatt. Anne jammerte über Grasflecken am Po ihrer Hose. Die mußte morgen in die Waschmaschine. Fräulein Theobald verlangte, daß die Schülerinnen selbst für ihre Kleidung sorgten. Waschen, bügeln, lose Knöpfe an- und heruntergerissene Säume aufnähen, daß mußte jedes Mädchen machen. Die Hausmutter sorgte dafür, daß diese Vorschrift auch eingehalten wurde. Damit löste sich ein Problem von ganz allein. Fräulein Theobald hielt bei ihren Schülerinnen nichts von extravaganter Garderobe. Manche Mädchen, die neu nach Lindenhof kamen, brachten schicke und teure Sachen mit, reinseidene Blusen, Angorapullöverchen, handbestickte Jeans und so weiter. Wenn sie ihre Kostbarkeiten zum drittenmal mit der Hand gewaschen hatten, wenn sie Falten in ihre Blusen plätteten, entdeckten sie schnell und ohne strenge Erziehungsmethoden die Vorzüge einfacher, sportlicher Kleidung. Bald bevorzugten auch die Luxustöchter T-Shirts und Blusen, die man auch mal ungebügelt anziehen konnte, und

Hosen, die es nicht übelnahmen, wenn man sie in die Waschmaschine steckte.

„Was gibt's denn zum Abendessen?" wollte Jenni wissen, als die Mädchen ins Haus gingen.

„Ich habe Berge von Blaubeeren in der Küche liegen sehen", teilte Anne mit.

Die anderen lachten. Anne war verfressen, und man sah es ihr an. Doch beim Gedanken an einen eventuellen Blaubeerkuchen leckten sich alle die Lippen.

Eine neue Mitschülerin

„Ich möchte euch eine neue Mitschülerin vorstellen", sagte Fräulein Theobald vor der Suppe. „Sie heißt Beatrix Fellner. Ich hoffe, ihr macht es ihr leicht, sich bei uns einzugewöhnen. Hanni und Nanni, vielleicht rückt ihr beide ein bißchen zusammen, damit Beatrix sich zu euch setzen kann. Sie wird in eure Klasse kommen. Bobby, holst du noch einen Stuhl?"

Bobby brachte den Stuhl, und Beatrix setzte sich zwischen die Zwillinge, denn die waren nicht zusammen-, sondern auseinandergerückt. Den ersten Löffel Suppe verschüttete sie auf ihren Rock. Sie war nervös. Kein Wunder, vierzehn Augen richteten sich auf sie. Es war ein Achtertisch, wie alle Tische in Lindenhof. Die Mädchen schauten sie neugierig an, begutachteten sie, beurteilten sie. Wie man eben eine Neue abschätzt, um festzustellen, ob sie dazupaßt und ob man sie gernhaben kann.

Beatrix aß ihre Suppe hastig und merkte gar nicht, wie gut sie schmeckte. Sie hatte Angst. Sie wußte, daß es in ihrer Situation normal war, Angst zu haben, aber es störte sie. Sie wollte mutig und vor allem selbstsicher sein und ärgerte sich darüber, daß sie es nicht war.

Die Eltern hatten sie nach Lindenhof geschickt, weil sie der Ansicht waren, sie hätten zu wenig Zeit für ihre jüngere Tochter. Sie waren beide Geschäftsleute. Der Vater leitete eine Möbelfirma, die Mutter war Kosmetikerin. Ihr gehörten zwei Salons, und im letzten Jahr hatte sie dazu noch eine Parfümerie übernommen. Die Eltern Fellner verdienten viel Geld, es fehlte an nichts, außer an Zeit. Gemeinsame Mahlzeiten fanden nur am Wochenende statt. Zum miteinander Reden reichte es auch dann oft nicht. Papa wollte ausschlafen, danach ging er gern angeln. Das entspannte, fand er. Mutti schlief ebenfalls lange, dann machte sie meistens die Abrechnungen, die während der Woche liegengeblieben waren.

Der Blaubeerkuchen unterbrach Beatrix' Erinnerungen an zu Hause. Was heißt da *der* Blaubeerkuchen. Es war ein ganzes Regiment von Kuchen, einer saftiger und üppiger als der andere. Es gab Sonderapplaus für die Hausmutter, die in der Tür zur Küche erschien und dankend winkte. „Laßt es euch schmecken, Kinder!" rief sie und verschwand wieder, mit hochroten Wangen und im verblüffenderweise immer fleckenlos weißen Kittel. Wenn ihre Helferinnen zwei Stunden am Herd gewerkelt hatten, sahen die meisten aus, als hätte man sie aus der Gemüsesuppe gezogen. Sie selbst blieb sauber, frisch, tadellos. Sie war toll, die Hausmutter!

Nach dem zweiten Stück Kuchen fand Hanni, jetzt müßte man mal mit der Neuen reden. Bisher hatten sich alle aufs Essen gestürzt, das war vorrangig. Nun war Beatrix dran. Hübsch war sie nicht; untersetzt und stämmig, das hatten sie schon aus der Ferne gesehen. Ein rundes Gesicht mit Sommersprossen. Aber schöne Augen hatte sie, eigenartig hellblau. Auffallende Augen waren das, dachte Hanni.

„Also, Beatrix", fing sie an und leckte die letzten Kuchenkrümel von der Gabel. „Du bist bei uns gelandet. Wir haben es hier in Lindenhof ziemlich lustig. Mach dich auf einiges gefaßt. Wir sind keine Engel, aber..."

„Schlachtet ihr grundsätzlich die Neuen?" fragte Beatrix.

Der ganze Tisch lachte.

„Nein", sagte Hanni. „Zu schlachten pflegen wir selten. Höchstens dann, wenn es unbedingt sein muß. Auf jeden Fall schlachten wir eine Neue nicht gleich. Wir geben jeder eine Chance."

„Wir schlachten erst dann, wenn sich eine im Lauf der Zeit als großes, nicht zu besserndes Biest entpuppt", führte Carlotta genußvoll den Gedanken fort.

„Laß dich nicht einschüchtern", lächelte Bobby. „Du siehst nicht nach Biest aus."

„Danke", sagte Beatrix.

Es klang undeutlich, denn sie hatte noch Blaubeerkuchen im Mund. „Ich werde mich bemühen, so unbiestig wie möglich zu sein." Sie erntete wieder ein Lachen. „Und bitte, nennt mich nicht Beatrix, sondern Trix, wie alle zu Hause."

Die Mädchen nickten. Sie fanden es normal, außerdem hätten sie das von selbst bald getan, Beatrix war ihnen zu feierlich. Keine merkte, daß Trix schwindelte. Niemand hatte sie bisher Trix genannt. Die Eltern und Tessie sagten Beatrix, und auch in ihrer alten Schule war sie so gerufen worden. Sie haßte ihren Namen. Dabei war er bestimmt nicht häßlich oder komisch. Vielleicht haßte sie ihn deshalb, weil ihre drei Jahre ältere Schwester, die Teresa hieß, nur Tessie genannt wurde. Beatrix klang streng und hart, fand sie, Tessie dagegen weich, beinahe zärtlich. Trix empfand es als ein Zeichen größerer Liebe, daß die Eltern für die Schwester eine Art Kosenamen gebrauchten und für sie nicht. Einmal hatte sie ihre Mutter daraufhin angesprochen. Frau Fellner lachte sie aus.

„Unsinn, wirklich Beatrix, das ist Unsinn“, meinte sie. „Wir haben Tessie nach meiner Mutter Teresa genannt. Sie wünschte es sich, und wir wollten ihr den Gefallen tun. Sie hat uns damals sehr geholfen. Es ging uns im Anfang finanziell nicht gut. Mutti schenkte uns das Haus, und überhaupt... also hatten wir eine kleine Teresa. Ich fand den Namen zu pompös für ein Baby. Deshalb machten wir Tessie daraus. Das ist alles. Deinen Namen haben wir, Papa und ich, nach unserem persönlichen Geschmack ausgesucht. Ich finde noch heute Beatrix wunderschön. Darum wäre es schade, ihn durch irgendeine Kurzform zu verschandeln. Aber wenn es dich stört... sag mir, wie du genannt werden möchtest. Bea? Trixi? Vielleicht Mausi?“

Trixi spürte den Spott in Mutters freundlicher Stimme. Doch sie wußte, daß ihre Mutter ehrlich war. Sie selbst hieß Eva-Maria und erlaubte niemandem, nicht einmal ihrem Mann, sie anders zu nennen. Wenn ein Bekannter sich erlaubte, Evi zu ihr zu sagen, wurde sie wütend.

„Nein, nein“, wehrte Trix ab. Sie war verlegen. „Ich hab nur gemeint...“

„Siehst du“, lächelte Frau Fellner. „Sei lieber stolz auf deinen Namen. Wahrscheinlich bist du eines Tages froh, daß du nicht noch mit sechzig als ewige Mausi durchs Leben laufen mußt. Denk an deine Tante!“

Trix bemühte sich zu lachen. Eigentlich hatte sie nicht

unbedingt an Mausi gedacht, als sie sich eine Kurzform ihres Namens wünschte. Aber natürlich hatte Mami recht. Tante Mausi war eine große, alles beherrschende Frau von achtzig Kilo Gewicht, und wenn der Vater bei einem ihrer Besuche quer durchs Zimmer rief: „Mausilein, würdest du bitte mal eben...", dann hörte sich das einfach lächerlich an. Trix seufzte.

„He, du, ist was?" fragte Nanni und knuffte sie in die Seite. „Du schaust so kariert. Natürlich nennen wir dich Trix. Ist sowieso einfacher. Beatrix klingt so hochtrabend. Mir fällt nur eine ein, die so heißt, und das ist die Königin von Holland."

„Danke", nickte Trix, „prima."

Sie hatte für ein paar Sekunden beinahe vergessen, wo sie sich befand. Natürlich wußte sie, daß ein Name im Grunde unwichtig war. Doch für sie bedeutete er mehr. Auch für ihre früheren Mitschülerinnen war sie nur Bea-

„He, Trix, du schaust so kariert!" rief Nanni

trix gewesen. Die anderen – das waren Babsi, Stups, Gitti, Lusy, Maxi und so weiter. Blöde Namen, wenn man sie genau betrachtete. Sie war Beatrix. Sie hatte keine Feindinnen in ihrer Klasse gehabt, aber auch keine Freundinnen. Nein, das stimmte nicht ganz. Im letzten Jahr war sie mit Conny und Sandra befreundet gewesen. Sie waren neu dazugekommen. Drei Außenseiterinnen hatten sich zusammengetan. Manchmal war es nett gewesen mit den beiden, erinnerte sich Trix. Nett und lustig. Und manchmal ... nein, daran wollte sie jetzt nicht denken. Das war vorbei. Vergessen. Hier in Lindenhof würde sie neu anfangen.

Trix schüttelte sich die kurzen Haare aus der Stirn. Warum dachte sie dauernd an die alten Geschichten?

Es war eine gute Idee der Eltern gewesen, sie nach Lindenhof zu schicken, fand sie. Sie war sofort einverstanden gewesen. Vielleicht konnte sie *hier* beweisen, daß sie gut war. Daß sie genauso gut war wie Tessie, die ältere, die hübschere, die erfolgreichere, genauso gut wie Tessie, die von allen geliebt und bewundert wurde. Tessie konnte einfach alles.

Das einzige, was sie und Tessie gemeinsam hatten, waren die großen, hellblauen Augen. Tessie war nicht stämmig, sondern groß und schmal. Sie hatte keine fettigen Haare und niemals einen Pickel. Sie war bildhübsch, sie war Klassensprecherin und Schulsprecherin. Sie hatte mehrere Pokale im Tennis nach Hause gebracht, die auf ihrem Schrank verstaubten, sie sang im Chor ab und zu ein Solo, und im alljährlichen Theaterstück der Schule spielte sie natürlich die Hauptrolle. Tessie war die geborene Prinzessin. Sie glitzerte und glänzte überall. Dabei war sie ein lieber Kerl. Sie nahm alles, was ihr zufiel, nicht übermäßig ernst, und wenn ihr ausnahmsweise einmal etwas mißlang, regte sie sich nicht darüber auf. Beinahe jeder hatte sie gern. Auch Trix. Sie liebte ihre Schwester. Und sie beneidete sie glühend. So sehr, daß es weh tat. Deshalb war sie glücklich, in Lindenhof zu sein.

Sie schaute sich um. Der Speisesaal war hell und freundlich, die Abendsonne schien durch die Sprossenfenster und bemalte die Tische mit goldenen Karos. Hier konnte es einem gefallen. Fräulein Theobald hatte sie herzlich empfangen. Die Mädchen waren nett. Ihr Zimmer hatte sie nur kurz gesehen, sie fand es gemütlich. Ja, dachte Trix und freute sich, hier wollte sie zeigen, daß sie genauso gut war wie Tessie. Natürlich auf andere Weise. Daß sie nie wie Tessie sein konnte, wußte sie. Sie war nicht so hübsch, nicht so musikalisch, und fürs Theaterspielen hatte sie kein Talent und auch keine Lust. Aber sie war eine gute Sportlerin. Vor allem beim Handball hatte sie ausgezeichnete Leistungen gebracht. Leider hatte es nie dazu gereicht, daß sie die Beste oder die Zweitbeste geworden wäre. Im Sport war es wie in Englisch, Mathematik und Deutsch: Trix war gut, sehr gut sogar, aber nicht Spitze. Im letzten Zeugnis hatte sie eine Eins in Deutsch gehabt, als Anerkennung für ihre klaren, intelligenten Aufsätze. Doch niemals wurde einer ihrer Aufsätze vorgelesen. Und die Eltern belohnten die gute Note zwar mit einem freundlichen: „Wunderbar“ und zehn Mark Prämie, aber gleich darauf sprachen sie wieder mit Tessie über das Tennisturnier, das die Schwester gewonnen hatte.

„Du träumst wirklich mit offenen Augen“, lachte Hanni.

„Wie bitte? Was hast du gesagt?“ fragte Trix verwirrt.

„Ich habe gar nichts gesagt. Aber das Essen ist vorbei. Und Bobby meinte, vielleicht möchtest du in dein Zimmer gehen und auspacken und dich häuslich einrichten. Sie zeigt dir gern alles, den Waschraum, die Toiletten und so weiter."

„Klar", nickte Bobby. „Ich bin nur mit meinem zarten Stimmchen nicht bis zu dir vorgedrungen."

Die anderen lachten. Bobby hatte das, was man höflich als *kräftiges Organ* bezeichnet. Wenn sie guter Laune war, und das war sie meistens, schmetterte sie durchs Haus wie eine Posaune.

„Wenn du magst, begleite ich dich zur Hausmutter", sagte Bobby. „Von der bekommst du Bettwäsche und Handtücher und all den Kram."

Die beiden verschwanden, während die Mädchen sich verteilten. Die meisten setzten sich in den Aufenthaltsraum, um zu lesen, zu stricken, zu reden oder Musik zu hören; einige machten es sich auf der Terrasse bequem. Die Zwillinge, Carlotta, Jenni und Elli bevorzugten den Garten. Genauer gesagt, den Küchengarten. Hier hatte man seine Ruhe, hier wuselten die Erstkläßlerinnen nicht herum, hier duftete es nach Salbei, Thymian, Majoran und Liebstöckel. Hier kam gelegentlich Schnurr vorbei, der schwarze Kater des Gärtners. War er wohlgesonnen, dann ließ er sich streicheln. War er besonders freundlich aufgelegt, schnurrte er sogar, wie er es seinem Namen schuldig war. An diesem Abend erschien er nicht, er hatte auf der anderen Seite des Hauses ein ertragreiches Mäusenest entdeckt.

„Wie findet ihr sie?" fragte Jenni in die Runde.

Sie war natürlich Trix, die Neue.

„Ganz brauchbar, glaube ich", meinte Nanni. „Keine dolle Nudel und keine trübe Tasse. Ich denke, mit der kommen wir zurecht."

Die anderen nickten.

„Also, aufregend ist sie nicht“, stellte Carlotta fest.

Hanni gluckste. „Wozu brauchen wir jemanden, der aufregend ist? Das sind wir doch selber.“ Zustimmendes Kichern.

„Besonders hübsch und schick ist sie auch nicht“, erklärte Elli nach einer Weile.

Sie erntete spöttisches Gelächter.

„Du mit deiner ewigen Schönheit“, ereiferte sich Nanni. „Klar, Trix ist kein Filmstar und auch keine zukünftige Miss Europa. Du bist wohl enttäuscht, daß sie sich nicht zum Anhimmeln eignet. Ich möchte bloß erleben, daß du mal vernünftig wirst. Denk an Sadie... zum Beispiel. Die hat dir nicht mal eine einzige Karte geschrieben. Aber du wirst ja nicht klüger. Dir ist offenbar nicht zu helfen.“

Elli zuckte die Achseln und schwieg beleidigt. Sie bewunderte nun mal hübsche, elegante und interessante Menschen oder die, die sie dafür hielt, und bemühte sich, ihre Freundschaft zu gewinnen und sich in ihrem Glanz zu sonnen. Die Freundinnen lachten sie deshalb aus. Es stimmte, in Sadie hatte sie sich ein bißchen getäuscht. Das gab sie zu. Nicht den anderen gegenüber, natürlich nicht, nur sich selbst. Aber das spielte keine Rolle, wenn eine Neue auftauchte, die sie toll fand. Nun, Trix war sicher nicht toll. An ihrer Freundschaft lag Elli nichts.

„Ich finde Trix ganz nett“, fuhr Nanni fort. „Jedenfalls auf den ersten Blick. Das weitere werden wir sehen. Ob sie lustig ist und kameradschaftlich und auch mal die Klappe halten kann, wenn's drauf ankommt, denn eine Petze brauchen wir nicht. Na ja, mal abwarten.“

Jenni grinste breit.

„Hugh“, sagte sie, „Häuptling Nanni hat gesprochen.

Der Große Geist hat ihr kleines Hirn erleuchtet. Der Stamm der Apachen stimmt ihr zu."

Sie las gerade in jeder freien Stunde Karl May. Nach drei Winnetou-Bänden und dem *Schatz im Silbersee* war sie jetzt bei Old Surehand angelangt und erfreute die Klasse mit indianischen Redensarten, mit Informationen darüber, worin sich ein Bärentöter von einem Henry-Stutzen unterschied und vor allem mit detaillierten Berichten davon, was bedauernswerte Weiße am Marterpfahl erwartete und wie sich tolle Burschen wie Old Shatterhand und Winnetou diesen Unannehmlichkeiten durch beinahe übermenschliche Fähigkeiten entzogen.

Elli hatte genug von dem Gespräch über die langweilige Neue, und Karl May zu lesen fand sie zu mühsam, da hatte jeder Band mehr als fünfhundert Seiten.

„Wie wär's mit einer Runde Monopoly?" schlug sie vor. „Vielleicht erleuchtet der Große Geist unsere Nanni auch weiterhin. Dann kauft sie die Schloßstraße und baut drei dicke Häuser..."

Das Thema Trix war beendet, und Monopoly spielten sie alle mit Leidenschaft. So wurde Ellis Vorschlag einstimmig angenommen.

Aufregendes Training

Trix lag in ihrem neuen Bett, zwischen frischen, duftenden Laken. Bobby hatte sich um alles gekümmert, hatte ihr beim Auspacken und Einräumen geholfen. Jetzt schlief sie. Das Fenster war offen, der Geruch nach Heu und Bäumen erfüllte das Zimmer. Es war der Geruch des späten Sommers. Die Bäume hatten die ersten gelben Blätter, und im Garten blühten die Astern und Dahlien auf.

Trix war nicht traurig, daß sie noch nicht einschlafen konnte. Es war ein aufregender Tag gewesen. Klar, der erste Tag in einem neuen Internat ist immer aufregend. Es war auch ein guter Tag gewesen.

Die Mädchen waren ihr freundlich entgegengekommen, Fräulein Theobald schien eine nette Schulleiterin zu sein, auch wenn sie einen strengen Eindruck machte. Trix wußte noch nicht, welche Mädchen sie besonders gern mögen würde, es waren zu viele auf einmal gewesen. Sie kannte auch die übrigen Lehrerinnen nicht. Das hatte Zeit. Morgen, übermorgen...

Trix drehte sich um, zog die Decke über die Schultern, bis fast zur Nasenspitze hoch. Sie fror nicht, aber es gab ihr ein Gefühl der Geborgenheit, sich so einzukuscheln.

Ja, dachte sie, sie würde es allen zeigen. Sie würde beweisen, was sie konnte. Bald würde man sie bewundern. So, wie man Tessie bewunderte. Sicher spielten sie in Lindenhof auch Handball. In Handball war sie gut gewesen, hier würde sie noch besser werden. Die Beste!

Die erste Unterrichtsstunde am nächsten Morgen war Französisch. Mamsell, während der Nacht von Rheuma geplagt und deshalb schlechter Laune, ließ eine Ex schreiben. Als sie ihre Absicht verkündete, ging ein Stöhnen durch die Klasse, das in ergebener Resignation verebbte, wie eine Welle am Strand.

„Du schreibst natürlich auch mit, ma chère Beatrice", sagte Mamsell und verzog das Gesicht, weil ihr Knie rumorte. „Selbstverständlich werde ich deine Arbeit heute nicht benoten, sondern mir nur ein Bild davon machen, was du kannst und was nicht. Jede neue Schülerin hat bei uns zwei Wochen Schonzeit."

Trix nickte. „Danke, Mademoiselle, ich werde mich bemühen."

„Sie heißt Mamsell bei uns, nicht Mademoiselle, das ist kürzer", zischte ihr Carlotta zu, die hinter ihr saß.

Trix verstand sie nicht. Mamsell dagegen hörte das Flüstern und grinste mit ihren angegilbten Pferdezähnen. „Keine Sorge, Carlotta, sie wird schnell genug lernen, wie ihr das nette französische Wort Mademoiselle verschandelt, weil ihr sogar für die eine kleine Silbe mehr zu faul seid..."

Sie war nicht ärgerlich. Seit so vielen Jahren hieß sie bei den Lindenhofer Mädchen Mamsell, daß sie beinahe traurig darüber gewesen wäre, hätte man sie auf einmal korrekt mit Mademoiselle angeredet. Sogar Fräulein Theobald nannte sie so, wenn sie von ihr sprach.

In der zweiten Stunde – es war Mathematik – brach der allgemeine Katastrophenzustand aus. Die Klassenarbeiten der vergangenen Woche wurden zurückgegeben. Außer Petra und Jenni hatten alle mehr oder weniger versagt. Hanni und Nanni trugen ihre schlechten Noten mit Fassung.

Erst nach der Pause heiterten sich die Gemüter auf. Der Sportunterricht fand diesmal ausnahmsweise im Sitzen statt. Jeden Sommer spielte Lindenhof gegen das Mädcheninternat der Nachbarstadt um den Handballpokal, den eine ehemalige Lindenhofer Schülerin und Hochleistungssportlerin gestiftet hatte. Inzwischen war diese Schülerin Anfang vierzig und mit drei Kindern sozusagen in Pension gegangen. Der Pokal war geblieben. Ein häßliches Silberding, aus dem die siegreiche Mannschaft nach dem Wettspiel Johannisbeersaft mit einem Schuß Sekt darin zu schlürfen pflegte. Es gab immer ein paar Mädchen, die nicht richtig tranken, sondern nur so taten als ob. Weil ihnen grauste. Sie behaupteten, einige würden in den Pokal spucken, sei's mit Absicht, sei's aus Versehen. Doch es war nur eine Minderheit, die sich zurückhielt, der große, häßliche Pokal wurde jedesmal leer. Nach dem Festakt erhielt der Silberbecher einen Ehrenplatz in der betreffenden Schule. Bis zum nächsten Spiel.

Die Mädchen hockten in der Turnhalle auf dem Boden. Marianne, die ‚sportleitende Schülerin' von Lindenhof, stürmte im Trainingsanzug herein. Sie lief fast immer im Trainingsanzug herum. Am liebsten wäre sie in dieser Aufmachung auch zum Essen erschienen, doch das hatte Fräulein Theobald ihr rasch abgewöhnt.

„Also, Kinder", sagte Marianne und keuchte ein bißchen, denn sie war nicht nur gelaufen, sondern gerannt. Sie rannte gern, auch wenn es nicht nötig war, das gehörte zu ihrer Auffassung von Sportlichkeit. „Also, wir haben zwei Wochen Zeit bis zum Spiel gegen die Steinbergerinnen. Zwei Wochen, um unsere Mannschaft aufzustellen. Klar, daß ich mir schon Gedanken deswegen gemacht habe, ich kann mein Hirn schließlich nicht im Kühlschrank deponieren. Aber es steht noch nichts fest, jede von euch kann sich qualifizieren. Natürlich wißt ihr, daß bloß zwei oder höchstens drei von euch dabeisein werden. Die anderen Klassen der Unterstufe haben ein paar wirklich gute Spielerinnen. Ihr seid dieses Jahr nicht gerade in Top-Form. Hanni und Katrin, gut, aber die anderen? Was ich euch fragen wollte: Seid ihr einverstanden, wenn ich in den nächsten Tagen außer der Reihe einige Trainingsspiele ansetze?"

Sie waren einverstanden. Handball war *der* Sport in Lindenhof. Sicher, es gab auch Tennis und Schwimmen und die übliche Leichtathletik, Laufen, Springen; aber Handball war am wichtigsten. Vielleicht lag es an dem Silberpokal, den sie alle verspotteten und auf den sie doch unheimlich stolz waren, wenn er ein Jahr lang in der Vitrine im Aufenthaltsraum stand.

Trix hörte mit glänzenden Augen zu. Das war ihre Chance, dachte sie. Viel schneller, als sie es erwartet hatte.

„Könnte ich vielleicht mitspielen?“ fragte Trix

„Wie ist das?“ fragte sie nachher Jenni, neben der sie im Waschraum am Becken stand, um sich vor dem Essen die Hände zu waschen. „Könnte ich da vielleicht mitspielen? In meiner alten Klasse war ich die Beste im Handball. Und wir waren insgesamt ziemlich gut.“

Sie wußte, daß sie log. Sie war nur die Drittbeste gewesen, und ihre Klassenmannschaft hatte in den Spielen, an denen sie beteiligt gewesen war, verloren. Aber das kümmerte sie nicht. Niemand wußte hier davon. Jetzt würde sie gut sein. Besser als je zuvor. Die Beste. Sie mußte endlich mal die Beste sein. Dann würde Mami nicht mehr nur über Tessies Erfolge im Tennis oder bei der Theateraufführung reden, sondern ihren Freundinnen erzählen, wie großartig sich ihre jüngere Tochter herausmachte. Es hat ein bißchen gedauert, würde sie sagen, kein Wunder, Beatrix ist ja noch keine vierzehn. Vielleicht haben wir manchmal zuviel von ihr erwartet, als sie noch zu jung war. Jetzt holt sie auf. Ich glaube, das Internat tut ihr gut. Da steht sie nicht mehr dauernd in Konkurrenz zu Tessie, die ganz anders ist und außerdem drei Jahre älter. Man kann die Mädchen nicht miteinander vergleichen. Nun fühlt sich Beatrix frei und bringt großartige Leistungen. Ich bin stolz auf meine beiden Töchter.

Trix stellte sich vor, wie Mutti sie lobte und dabei an ihrer Kaffeetasse nippte.

„Klar“, meinte Jenni, „im Prinzip kannst du in die Unterstufen-Mannschaft kommen. Schließlich gehörst du zu uns, auch wenn du neu bist. Du mußt Marianne eben in den Trainingsspielen zeigen, daß du gut bist. Sie hat zwar ’nen kleinen Tick mit ihrem Sport, für sie gibt es nichts anderes, aber sonst ist sie in Ordnung. Und unbedingt fair. Wenn du tatsächlich so gut bist, wie du sagst, spielst du beim Wettkampf. Obwohl – mach dir keine allzu großen Hoffnungen. Hanni und Katrin sind Klasse. Nanni war auch mal prima, aber seit sie sich fürs Kunstspringen begeistert, bringt sie nicht mehr viel. Neulich kam es mir so vor, als wären ihr an den Händen schon Flossen gewachsen, und mit denen fängt man keinen Ball. Also, Trix, streng dich an, dann bist du dabei. Abonnements wegen langjähriger Lindenhof-Zugehörigkeit gibt es bei uns nicht."

„Klingt gut", lachte Trix. „Ich werde mir selber einen Tritt in den Hintern geben und mich anstrengen."

Mariannes erstes Trainingsspiel fand am folgenden Nachmittag statt. Der Nachmittag war denkbar ungeeignet für sportliche Höchstleistungen. Ein grauer Himmel hing so tief über Lindenhof, daß man meinte, ihn anfassen zu können. Dabei war es schwül-warm. Schon beim Essen lief den Mädchen das Wasser von der Stirn.

Im Umkleideraum zwängte Hanni sich in ihr Turnhöschen. Es war zu eng. Nicht weil sie zugenommen hätte, sie hatte es bloß zu heiß gewaschen. Neunzig Grad statt dreißig. Eigentlich war Jenni daran schuld, sie war mit in der Waschküche gewesen und hatte von Winnetou erzählt. Sein Tod ging sogar Hanni an die Nieren. Da hatte sie die Waschmaschine falsch eingestellt.

Trix erschien im blütenweißen Trikot. Es war neu, Mutti hatte es ihr fürs Internat geschenkt.

„Ich glaube, alle sind da", rief Marianne über die Wiese. „Stellt euch auf!"

Die Mannschaften formierten sich. Heute spielte man klassenintern. Trix kam in dieselbe Mannschaft wie Hanni. Nanni gehörte zu denen, die nur zuschauten. Sie hoffte, nach der ersten Halbzeit unauffällig zum Schwimmbecken verschwinden zu können. Ihr Kopfsprung hatte noch ein paar Verbesserungen nötig, fand sie.

Bevor das Spiel begann, gab es ein kleines Durcheinander, denn Mamsell erschien. Das war etwas noch nie Dagewesenes. Natürlich verfolgte sie wie die anderen Lehrerinnen pflichtgemäß die offiziellen Wettspiele und das alljährliche Sportfest der Schule. Ansonsten war ihr sportliches Interesse gleich Null. Und nun war sie da, hatte Hefte zum Korrigieren unter dem Arm und eine Erstkläßlerin im Schlepptau, die ihr den Stuhl nachtrug.

„Wie kommen wir zu der ungewohnten Ehre, Mamsell?" lachte Carlotta. Sie wußte, daß sie bei Mamsell einen Stein im Brett hatte, trotz ihrer gelegentlichen Wutausbrüche, die die Lehrerin als ‚terrible', also als schrecklich, bezeichnete. Carlotta sprach von ihrer Zirkuszeit her fast akzentfrei Französisch, wenn auch mit einer Menge Fehler. Die anderen Mädchen brachten außerhalb des Unterrichts keinen französischen Satz freiwillig über die Lippen, nur Carlotta plapperte manchmal mit der Pariserin, die Paris vor mehr als dreißig Jahren verlassen hatte. Dafür verzieh Mamsell ihr manches. Jetzt lachte sie.

„Wie ihr zu der Ehre meiner Anwesenheit kommt, ma chère, das weiß ich selbst nicht genau", sagte sie. „Vielleicht liegt's am Wetter. Mir war es in meinem Zimmer zu heiß. Hier kann ich meine Hefte besser korrigieren. Vielleicht..." sie lachte, „...vielleicht spielt ihr auch so gut, daß ich vor lauter Spannung meine Arbeit vergesse. On verra!"

Carlotta wollte etwas antworten, doch da rief Marianne: „Auf die Plätze, beeilt euch und quatscht nicht!"

Die Mädchen strengten sich an. Normalerweise schätzten sie es nicht, wenn Marianne sie außer der Reihe zum Training beorderte. Diesmal waren sie voll dabei. Der Pokal reizte sie. Letztes Jahr hatten ihn die Steinbergerinnen mit nach Hause genommen, nun wollten sie ihn sich wieder zurückerobern. Auch diejenigen, die keine Chance hatten, unter den zweien oder dreien zu sein, die in der Unterstufenmannschaft ihre Klasse vertreten würden, gaben sich alle Mühe. Einfach so, das gehörte dazu, fanden sie.

Es war fast ein Witz, aber das erste Tor warf Elli. Elli, die Unsportliche, die Uninteressierte. Natürlich war es ein Zufall. Lucie hatte ihr den Ball wie auf einem Tablett serviert. Elli strahlte wie ein Honigkuchenpferd. Von diesem Treffer würde sie monatelang zehren. Trix hätte sie am liebsten in den Po gebissen. Sie war ganz nahe gewesen. Wenn Lucie nicht Elli, sondern ihr den Ball zugespielt hätte, wäre es möglicherweise ihr Einstandstor geworden. Den nächsten Ball brachte Hanni ins Netz. Trix sah, daß sie gut war. Überhaupt spielten die Lindenhof-Mädchen besser als ihre alte Klasse. Hanni sowieso, Katrin vermutlich auch, obwohl sie sich zurückhielt. Sie hatte einen verknaxten Knöchel. Auch Lucie, Bobby und Jenni waren nicht schlecht. Trix kämpfte verbissen. Sie wollte einen Erfolg. Sie brauchte ihn. Aber nichts klappte.

Die zweite Halbzeit ging zu Ende. Donner grollte, gleich würde ein Gewitterschauer herunterprasseln und das Spiel vielleicht vorzeitig beenden. Trix biß die Zähne zusammen. Nicht aufgeben, sagte sie sich. Bloß nicht aufgeben.

Die anderen waren ein wenig müde geworden. Marianne stachelte ihren Ehrgeiz an.

„He, ihr schlappen Mäuse“, rief sie, „bisher wart ihr ja

ganz gut, aber jetzt schlaft ihr ein. Weiter, weiter, keine Müdigkeit vorschützen...!"

Sie lachten und liefen schneller. Dann, drei Minuten vor Schluß, kam die Situation, die Trix' Chance hätte sein können. Sie war nicht weit weg von Hanni, als diese den Ball erwischte.

Wahrscheinlich wäre es klüger von Hanni gewesen, den Ball abzugeben, an Trix oder an Lucie, die beide dem Tor näher waren als sie selbst. Doch Hanni dachte einfach nicht daran. Sie war so fröhlich und erfolgssicher, sie wollte es noch einmal probieren. Es war auch nicht so wichtig, fand sie, ob sie nun ins Tor traf oder nicht. Ihre Mannschaft hatte schon gewonnen. Außerdem war es kein Wettspiel, sondern nur ein Training.

Trix schrie ihr zu: „Gib den Ball her, ich schaffe es!"

Der erste Donnerschlag hallte in ihre Worte, Hanni hörte nichts. Trix stürzte auf Hanni zu, wollte den Ball haben, aber Hanni warf ihn schon... nicht ins Tor, sondern knapp daneben. Bevor der Ball irgendwo in der Wiese landete, prallte Trix auf Hanni. Beide Mädchen fielen hin. Es gab ein Knäuel von Armen und Beinen. Dann entwirrten sie sich wieder. Hanni und Trix standen auf, wischten sich den Sand ab. Keine hatte sich verletzt, nur Hannis Knie blutete ein bißchen.

Noch zwei Minuten Spielzeit. Ein Blitz zuckte, es fing an zu regnen.

„Schluß!" schrie Marianne. „Hört auf, wir wollen nicht naß werden." Sie rannten in den Umkleideraum. Der Schauer prasselte herunter, ein paar Hagelkörner waren auch dabei. Mamsell schimpfte auf Französisch und humpelte ins Haus. Das hatte sie nun davon, daß sie sich ausnahmsweise ein Handballspiel angesehen hatte. Als sie in der Halle angelangt war, merkte sie, daß sie einen Teil der Hefte vergessen hatte. Sie schickte eine Kleine hinaus, um die Hefte aus dem Regen zu holen. Nie wieder Sport, nahm sich Mamsell vor. Höchstens Gymnastik in der Halle. Das war ungefährlich, zumindest für die Zuschauer.

Die Hausmutter gongte zum Nachmittagstee. Hanni legte ihr Bein über den einzigen Stuhl in ihrem Zimmer. Nanni öffnete die Jodflasche.

„Weißt du was?“ fragte Hanni und zuckte zusammen, weil das Jod so brannte.

„Nein“, sagte Nanni und tupfte die Schramme noch mal ab.

„Ich glaube – aber ich bin mir nicht sicher –, daß sie es absichtlich getan hat.“

„Wer was?“

„Trix hat mich absichtlich gestoßen, damit ich kein zweites Tor werfe!“

„Erstens hättest du sowieso kein Tor hingekriegt, du warst zu weit weg“, meinte Nanni und schnitt ein Pflaster zurecht. „Und zweitens, kann es nicht Zufall gewesen sein?“

„Ja“, nickte Hanni. „Eben. Vielleicht. Ich weiß es nicht. Darum rede ich auch nur mit dir darüber, und du hältst bitte die Klappe. Aber ich hatte den Eindruck, sie wollte mein Tor verhindern, weil sie selbst keins geworfen hatte. Trix ist wahnsinnig ehrgeizig. Sie möchte unbedingt in der Mannschaft spielen. Sie kämpft unfair, und das gefällt mir nicht.“

„Wenn du recht hast, gefällt es mir auch nicht“, murmelte Nanni. Dann drückte sie das Pflaster fest auf Hannis Knie. Die Schwester schrie auf.

„Das war's“, grinste Nanni. „Übermorgen bist du so gut wie neu.“

Tee und Streuselkuchen

Was Hanni nur gespürt oder geahnt hatte und was sie nicht weiter wichtig nahm – Trix wußte es genau. Sie hatte Hanni mit Absicht umgestoßen. Sie hatte sich so bemüht, und sie hatte gut gespielt, wie immer, aber nicht gut genug – auch wie immer. Als Hanni dann die einzige Chance, die sie vielleicht hätte haben können, für sich behielt, war Trix so wütend geworden, daß sie sich nicht mehr beherrschen konnte. Sie war losgesprungen, um dieses Tor zu verhindern, auch wenn es ihr nichts mehr nützte.

Es tat Trix nicht leid, daß sie unfair gewesen war, aber sie bedauerte ihre Ungeschicklichkeit. Heute hatte sie keine Leistung gezeigt, die Marianne veranlassen würde, sie anstelle von Hanni oder Katrin beim Wettspiel einzusetzen, das war klar. Hanni war eine erstklassige Handballspielerin. Und Katrin war zwar herumgehüpft wie ein Storch im Salat, aber in einer Woche würde ihr Knöchel nicht mehr weh tun. Dann war sie vermutlich genauso gut wie Hanni.

Trix wusch sich die staubigen Füße. Sie war enttäuscht. Sie hatte sich so sehr gewünscht, gleich heute Erfolg zu haben. Sie hatte sich schon den Brief zurechtgelegt, den sie ihrer Mutter schreiben wollte: Mami, ich bin in die Wettspielmannschaft der Unterstufe gekommen. Es sind nur zwei aus meiner Klasse. Halt mir bitte beide Daumen, daß wir gegen die andere Schule gewinnen...

Der Regen prasselte gegen die Fensterscheiben. Trix wußte, daß sie sich beeilen mußte, sonst kam sie zu spät zum Tee. Beim ersten Versuch war es leider schiefgegangen. Aber Marianne hatte gesagt, sie würde noch nichts entscheiden. Es gab zwei oder drei weitere Spiele. Entweder schaffte sie es dann, überlegte Trix, einfach so, weil es ihr gelang, ein oder zwei Tore zu werfen. Das wäre natürlich das Schönste. Wenn nicht, würde sie weiter gegen Hanni kämpfen. Und gegebenenfalls auch gegen Katrin. Es durfte bloß nicht auffallen.

Ich *muß* in die Mannschaft, dachte Trix, als sie sich die Hände schrubbte. Ein paar Tage vor dem Wettspiel hatte Tessie ein Tennisturnier. Sicher würde sie wieder die Siegerin ihrer Altersgruppe sein. Aber bald würde der Brief auf Mamis Schreibtisch liegen, der Brief, in dem Trix ihr von ihrem eigenen Erfolg berichtete.

Beim Tee mit Streuselkuchen war Handball das Thema Nummer eins. Meistens hielt Elli sich die Ohren zu, wenn über Sport gesprochen wurde, diesmal war es anders. Sie sonnte sich im Glanz ihres Tores und im Lob der Freundinnen, wenn es auch reichlich mit Spott gewürzt war.

„Unsere liebe Ellimaus trainiert also schon für die Olympiade", feixte Anne, die dicklich und noch um einiges unsportlicher war als Elli. „Ich nehme an, du wirst dich jetzt für unsere Mannschaft qualifizieren. Und in drei Jahren bist du reif für die Weltelite."

„Sei du nur still, Klößchen mit Sauce", gab Elli vergnügt und schlagfertiger als sonst zurück. „Ich weiß, daß ich 'ne Menge Glück hatte. Aber du hast ja nicht mal mitgespielt. Das war auch richtig. Wenn du auf dem Feld stehst, reicht der Platz nicht mehr für die anderen..."

„Eben", nickte Anne gemütlich. „Deshalb halte ich mich zurück. Ich will euch doch nicht den Spaß verderben. Denn wenn ich da wäre, würde man euch überhaupt nicht mehr sehen."

Sie hatte alle Lacher auf ihrer Seite.

„Ich war heute schlecht", erklärte Katrin. „Mein Knöchel zwickt noch." Sie schob sich einen riesigen Bissen Kuchen in den Mund, zum Trost sozusagen.

„Ärgere dich nicht", warf Bobby ein. „Zwei Wochen sind eine lange Zeit. Wenn du schön brav deine Gymnastik machst, bist du bis dahin wieder fit."

„Hoffentlich", mampfte Katrin.

Nanni schwieg. Sie überlegte, ob Carlotta ihr morgen wohl die Anfangsgründe des Saltos beibringen würde. Das interessierte sie mehr als alles, was mit Handball zusammenhing. Bisher hatte Carlotta sich geweigert. „Du mußt erst mal den Kopfsprung können", hatte sie gesagt. „Quatsch, können – beherrschen mußt du ihn. Sonst platschst du beim ersten Salto-Versuch so auf den Bauch, daß dir eine Woche lang kein Nachtisch schmeckt. Und wenn die Theobaldine rauskriegt, daß ich so was mit dir angestellt habe, dreht sie mir den Hals um. Nicht zu Unrecht übrigens."

Carlotta hatte vom Schwimmen nicht die geringste Ahnung. Aber sie war im Zirkus aufgewachsen und konnte den Salto vorwärts und rückwärts vom Pferd, da war ein Salto vom Sprungbrett ins Wasser für sie natürlich ein Kinderspiel. Die Turnlehrerin hätte solche Kunststücke selbstverständlich verboten. Doch sie lag mit einer Blinddarmentzündung im Krankenhaus. Seitdem sie fort war, ging es beim Sport ein bißchen durcheinander. Die Zeit mußte man nützen, fand Nanni. Sie wollte noch ein paar Tage lang ihren Kopfsprung verbessern, nahm sie sich vor. Dann würde sie Carlotta schon rumkriegen.

Chris kommt zurück

Als Trix sich fertig machte, um ins Bett zu gehen, stellte sie fest, daß ihr mitten auf der Nase ein Pickel wuchs. Sie starrte sich im Spiegel an und sah nichts von ihrem Gesicht, nur den Pickel, und den dreimal so groß, wie er wirklich war. Wie die meisten Mädchen und Jungen zwischen zwölf und achtzehn hatte sie manchmal Pickel. Es ist sicher eine Gemeinheit der Natur, daß man sich in diesen Jahren, die allgemein als wunderbare Jugend bezeichnet werden, mit solchen Widerwärtigkeiten herumschlagen muß. Derjenige, der ein solches kleines Monster ausbrütet, sieht sein ansonsten hübsches Gesicht nur noch als Umrahmung des Ungeheuers, das immer dicker und röter wird, schlimmstenfalls sogar noch eitrig. Es nützt nicht viel, wenn andere, nette Menschen versichern, der Pickel wäre doch gar nicht so auffällig. Wer ihn hat, glaubt es nicht.

Trix jedenfalls war wütend. Am liebsten hätte sie sich die Nase samt Pickel abgeschnitten. Doch da eine derart brutale Methode auch nicht den gewünschten Erfolg – nämlich makellose Schönheit – gebracht hätte, beschmierte sie das Ding mit der Pickelsalbe aus Muttis Parfümerie und stäubte dann Pickelpuder darüber – auch aus Muttis Parfümerie. Zum tausendsten Mal wünschte sie sich, Tessie zu sein. Denn Tessie gehörte zu der glücklichen Minderheit, der Pickel erspart blieben.

Beim Frühstück war der Pickel trotz Salbe und Puder noch dicker als am Abend zuvor. Trix fühlte sich als

Wütend starrte Trix in den Spiegel

gequälter Mittelpunkt aller sich kreuzenden Blicke. Natürlich war das Unsinn. Die meisten Mädchen hatten anderes im Kopf, sie bemerkten den Schönheitsfehler nicht einmal. Nur Elli, eine aus der zarthäutigen, pickelfreien Minderheit, gackerte und sagte: „Menschenskind, du züchtest ja einen dicken Brummer auf deiner Nase. Tut der so weh wie er aussieht?“

Trix hätte sie am liebsten mit der Teekanne erschlagen. Aber sie beherrschte sich und antwortete mit einer Stimme, die aus der Gefriertruhe zu kommen schien: „Nein, er tut nicht weh. Und bevor du dich weiter aufregst – hast du gewußt, daß Liz Taylor mit dreizehn auch Pickel hatte?

Und trotzdem ist sie ein Star geworden. Du wirst bestimmt keiner."

Elli schwieg. Nanni und Jenni, die zugehört hatten, kicherten. Selbstverständlich hatte Trix nicht die geringste Ahnung, was etwaige Pubertätspickel in Liz Taylors schönem Gesicht betraf. Doch Elli genausowenig. Damit war das Thema beendet.

Im Unterricht gab Mamsell die Arbeiten zurück. Trix' unregelmäßige Verben hatten Gnade vor ihren Augen gefunden.

„Ein paar Fehler, ma chère", sagte sie freundlich. „Wenn du dich etwas anstrengst, werde ich mit dir zufrieden sein."

Trix war jetzt schon mit sich zufrieden. In Französisch hatte sie keinen besonderen Ehrgeiz. Tessie war in Fremdsprachen keine Leuchte, und Mami, die kluge, elegante Mutter, hatte beim letzten Urlaub in Frankreich keinen Ton herausgebracht. Eine wildfremde Dame hatte an der Hotelrezeption für sie übersetzt.

In der Stunde nach der Pause stand ein Aufsatz auf dem Programm. Trix nahm sich vor, den besten zu schreiben, im Aufsatz war sie immer gut gewesen. Sie arbeitete konzentriert, sie merkte nicht einmal, daß die Zwillinge, die vor ihr saßen, ihre Blätter austauschten, damit jede von den Geistesblitzen der anderen profitieren konnte. Als Trix ihre vier Seiten ablieferte, war sie überzeugt, eine Eins zu bekommen. Sie hätte gern noch ein bißchen mit den Mitschülerinnen über ihre Ideen geredet, aber dazu gab es keine Gelegenheit.

Ein Taxi fuhr in den Hof, hielt, ein Mädchen stieg aus. Einigermaßen schwerfällig, schließlich hatte sie ein Gipsbein. Dann bat sie den Chauffeur, dreimal zu hupen. Er tat es.

„Das ist Chris! Chris ist wieder da!“ rief Katrin.

Die Mädchen rannten hinaus. Chris hatte sich beim letzten Ausflug ein Bein gebrochen und war vier Wochen im Krankenhaus gewesen. Niemand hatte sie besuchen können, denn ihre Eltern ließen sie in eine Klinik in ihrem Heimatort bringen. Nun war sie wieder in Lindenhof, vergnügt wie immer, mit Herzchen und Unterschriften auf dem schmuddeligen Gips. Und alle wollten wissen, wie es ihr ging und wie es gewesen war und überhaupt...

Der Aufsatz war vergessen. Trix stand abseits, sie kannte Chris ja nicht.

Beim Essen wurde Chris von ihren Nachbarinnen bedient, als ob sie ein Baby oder eine Königin wäre. Schließlich wurde es ihr zu dumm.

„Ihr seid furchtbar lieb“, meinte sie, „aber vergeßt bitte nicht, daß ich mir ein Bein gebrochen habe. Meine Arme und Hände sind okay, ich kann meine Suppe gut allein essen, und den Braten müßt ihr mir auch nicht vorschneiden.“

Es gab ein Riesengelächter, denn natürlich hatte sie recht. Alle mochten Chris. Dabei war sie weder hübsch noch besonders intelligent, im Gegenteil, eher unscheinbar.

Nach dem Essen verteilte Chris Geschenke. Sie hatte sich im Krankenhaus gelangweilt, und sie bastelte gern. Deshalb gab es für jede ihrer Mitschülerinnen eine Kleinigkeit. Klebebilder aus Papier und Stoffresten, Armbänder aus bunten Holzperlen, billige Taschentücher, auf die sie in eine Ecke eine Blume oder ein Herzchen gestickt hatte. Alle freuten sich. Natürlich ging Trix als Neue leer aus.

„Tut mir leid", sagte Chris nachher. „Ich wußte nicht mal, daß es dich gibt."

Trix lachte. Natürlich war sie nicht beleidigt gewesen. Aber sie fand die Art nett, in der Chris zu jedem freundlich war. Und dabei sah sie wirklich nach nichts aus. Sie trug sogar eine Zahnspange. Niemand schien das lächerlich zu finden. Trix dachte, daß sie sich in jedes verfügbare Mauseloch hineinschämen würde, wenn das Schicksal sie mit einer Zahnspange geschlagen hätte.

Vielleicht mochten die Mädchen Chris so gern, weil sie freigebig war, überlegte Trix. Nach einem Krankenhausaufenthalt zurückzukommen und allen Mitschülerinnen etwas mitzubringen – das war schon sehr großzügig. Eigentlich hätte *sie* die Geschenke kriegen müssen, nicht die anderen.

Trix nagte an ihrer Unterlippe. Sie saß ein bißchen abseits. Die Unterhaltung, deren Mittelpunkt Chris war, drehte sich um Dinge, bei denen sie als Neue nicht mitreden konnte. Alles, was in den vergangenen Wochen in Lindenhof passiert war, wollte Chris hören. Sie war ausgehungert nach Neuigkeiten nach der öden Krankenhauszeit.

Chris ist großzügig, und ich bin es nicht, dachte Trix. Ich gebe mein Taschengeld am liebsten für mich selbst aus. Wenn es sich um Geschenke handelt, bin ich eher sparsam. Wie Mami. Ja, genau wie Mami. Die kaufte für den Wohnzimmertisch dauernd Blumen, weil sie Blumen liebte. Wenn der Vater einen teuren Strauß besorgte, weil sie bei Freunden eingeladen waren, schimpfte sie mit ihm und behauptete, er würde sein schwerverdientes Geld verschwenden. Und wenn sie einer Freundin etwas aus der Parfümerie zum Geburtstag schenkte, wählte sie nicht das

Schönste und Beste, sondern irgend etwas, das schon lange herumstand und sich nicht verkaufen ließ. Als Trix an Mamis Geburtstagsgaben aus dem hintersten Regal dachte, fiel ihr Doris ein. Doris hatte gestern Geburtstag gehabt. Jedes Mädchen hatte ihr ein Päckchen überreicht. Es waren nur Kleinigkeiten drin, teilweise auch Dinge aus dem eigenen Besitz, wenn das Taschengeld für Einkäufe nicht mehr gereicht hatte. Trix gratulierte Doris nur. Niemand nahm es übel, auch Doris nicht. Trix war ja neu. Aber natürlich hatte sie von Doris' Geburtstag gewußt.

Jetzt schämte sie sich ein wenig. Sie wollte nicht nur im Handball in die Mannschaft kommen und auch sonst irgendwie die Beste sein, die man für ihre tollen Leistungen bewunderte, sie wollte auch beliebt sein. Da mußte sie sich anstrengen, das war ihr klar. In dieser Woche hatte Jenni Geburtstag und in der nächsten Anne. Sie würde beiden etwas schenken, nahm sich Trix vor. Von heute an würde sie großzügig sein. Bloß wie? Sie hatte ihr Taschengeld für den ersten Monat in Lindenhof schon am Tag vor ihrer Abreise von zu Hause weitgehend ausgegeben, für ein paar Sachen zum Anziehen, die sie gern haben wollte, und für Bonbons und Schokolade, von denen Mami aus Gesundheitsgründen nichts hielt. Keine Frage, daß sie bis zum ersten des nächsten Monats zurechtkommen würde. Wenn es notwendig war, konnte sie auf Süßigkeiten verzichten, außerdem hatte sie noch einen Vorrat davon in ihrer Schublade. Aber Geschenke kaufen? Die Eltern anzurufen und um zwanzig Mark zu bitten, war ausgeschlossen. Mami hatte ihre Grundsätze. Sie gab den Töchtern reichlich Taschengeld, mehr als viele andere Mütter. Doch ‚Nachzahlungen' lehnte sie ab. In diesem Punkt biß auch Tessie auf Granit, die es sonst gut verstand, der Mutter das abzuschmeicheln, was sie haben wollte.

Vielleicht hätte die Mutter bei Trix diesmal eine Ausnahme gemacht – ein neues Internat, neue Freundinnen, Geburtstage, von denen die Tochter nichts hatte wissen können. Aber Trix mochte nicht bitten. Mami lobte sie selten. Doch ab und zu hatte sie anerkennend gesagt, Trix ginge wirklich vernünftig mit ihrem Geld um. Tessie sollte sich an der Schwester ein Beispiel nehmen...

Ihr würde etwas anderes einfallen, dachte Trix, während die Mädchen Chris kichernd eine Geschichte erzählten. Bestimmt. Und plötzlich wußte sie auch, was ihr einfallen würde.

Die verlorene Kette

Am übernächsten Tag sagte Marianne wieder ein Trainingsspiel an. Es war ein grauer Nachmittag, und das Spiel war genauso lustlos wie das Wetter, es war einfach kein Pfeffer drin. Katrins Knöchel hatte sich zwar entschieden gebessert, sie zeigte, was sie konnte und warf ein Tor, aber viel Schwung hatte sie nicht. Jenni war zur Mitternachtsparty der vierten Klasse eingeladen gewesen und litt unter den üblichen Folgen: Unausgeschlafenheit und ein flaues Gefühl im Magen. Es war immer dasselbe bei diesen heimlichen, nächtlichen Festen; man aß zu viele gute Sachen durcheinander und vor allem zu hastig, weil immer die Gefahr bestand, daß eine Lehrerin auftauchte und das Vergnügen vorzeitig beendete. Hanni spielte miserabel. Sie hatte sich mit Nanni gestritten. Die Zwillinge waren fast immer ein Herz und eine Seele. Wenn sie wirklich mal

Krach miteinander hatten, litten sie beide.

Trix nützte ihre Chance. Sie warf ein Tor, auf das sie stolz sein konnte. Sie spielte auch sonst gut. Marianne lobte sie.

„Du warst prima“, sagte sie.

Trix strahlte.

„Dich können wir brauchen.“

„Heißt das, ich komme in die Mannschaft?“ fragte Trix aufgeregt.

Marianne zuckte die Achseln. „Weiß ich nicht. Kaum. Mehr als zwei von uns werden nicht dabeisein. Die Vierte ist momentan unheimlich stark. Außerdem wollen wir schließlich, daß Lindenhof gewinnt, egal, wer spielt, auch wenn es aus der Vierten vielleicht drei sind und von uns nur zwei.“

Trix nickte.

„Verstehe ich. Ist ja klar. Aber mein Tor heute, findest du nicht, daß ich...“

„Mensch, Trix“, unterbrach sie Marianne ungeduldig. Sie wurde schnell ungeduldig. „Dein Tor war Spitze, das hab ich doch schon gesagt. Und du spielst auch sonst ganz gut. Hab ich ebenfalls gesagt. Aber Hanni und Katrin sind nun mal unsere Besten. Ich glaube nicht, daß du es in den nächsten Tagen schaffst, sie auszustechen. Daß Katrin ihren Knöchel bei den Trainingsspielen noch ein bißchen schont, ist normal. Hanni war heute natürlich unmöglich, das weiß ich. Sie hatte Krach mit Nanni, na und? In einer halben Stunde vertragen sich die beiden wieder. Und morgen zeigt Hanni im Spiel die Zähne, wie immer, verlaß dich drauf. Warte es ab, Trix. Du bist neu bei uns, wenn du diesmal nicht in die Wettspielmannschaft kommst, klappt es vielleicht beim nächstenmal. Außerdem finde ich es prima, daß wir dich dazugekriegt haben. Als Sicherheit sozusagen. Stell dir vor, Katrin vertritt sich den Knöchel noch einmal, oder Hanni holt sich am letzten Tag eine Grippe oder einen Durchfall..." Sie lachte. „Dann wäre ich auf jeden Fall froh um dich."

Trix biß die Zähne so fest zusammen, daß sie glaubte, Marianne müßte es knirschen hören. Sie ging in den Umkleideraum. Eigentlich hätte sie glücklich sein müssen über ihr gutes Spiel und über Mariannes Anerkennung. Doch sie war wütend. Nun hatte sie eine tadellose Leistung gebracht, und zwar ohne Tricks, ohne unfair zu sein wie neulich. Und was hatte sie davon? Marianne konnte sich ihre freundlichen Worte an den Hut stecken. Sie würde aller Wahrscheinlichkeit nicht in der Mannschaft spielen. Hanni war immer noch „unsere Beste", auch wenn sie heute rumgestanden war wie die Kuh vorm Tor. Katrin war die Zweitbeste. Und sie selbst...

Es ist ewig dasselbe, dachte Trix verbittert. Ich kann so gut sein, wie ich will, ich schaffe es nicht. Zu Hause war Tessie mir in allen Dingen um ein paar Nasenlängen voraus, in der alten Klasse kam sie gegen Gerti und Lis nicht an. So würde es hier in Lindenhof wieder sein.

Hanni knurrte vor sich hin, als sie in die Dusche ging. Daß sie gespielt hatte, als könnte sie Handball kaum von Tischtennis unterscheiden, ärgerte sie, aber nicht allzu sehr. Das würde sie nächstes Mal gutmachen. Doch der Streit mit Nanni bedrückte sie. Natürlich verstand sie die Schwester. Sie hatte ihr vor ein paar Tagen ein Kettchen geliehen, das die Großmutter ihr einmal geschenkt hatte. Plötzlich war das Kettchen mit dem rosa Korallenanhänger weg. Spurlos verschwunden, meinte Hanni. Verschlampt, behauptete Nanni. Sie hatte sich furchtbar aufgeregt.

Ich muß mich noch mal bei ihr entschuldigen, nahm Hanni sich vor. Ich gebe ihr das Silberarmband von Tante Hilla, das mit den Röschen und den Elfenbeinperlen, und sage ihr, daß mir alles wahnsinnig leid tut. Sie drehte die Dusche auf kalt.

Jemand kam in den Waschraum. Hanni hörte, wie das Mädchen sich auszog und in die Duschkabine neben der ihren ging. Dann prustete das Mädchen unter dem Wasserstrahl. Hanni grinste. Das konnte nur Nanni sein. Diese Töne eines munteren kleines Wales... die brachte nur Nanni hervor.

„He, du, Nanni!" rief Hanni.

„Ja? bist du's, Hanni?"

„Ich wollte dir sagen, daß es mir leid..." Sie brachte ihre Entschuldigung nicht zu Ende, denn die Schwester unterbrach sie.

„Sei mir nicht mehr böse wegen vorhin. Ich war wütend auf dich, weil ich Omis Kettchen so sehr mochte. Aber du hast es ja nicht mit Absicht verloren. Und überhaupt habe ich eine Menge Dinge gesagt, die ein bißchen hart waren. Ich hab's nicht so gemeint."

Hanni verstand nur die Hälfte, die beiden Duschen rauschten so laut. „Moment", brüllte sie und drehte den Hahn zu.

Dann trat sie aus der Kabine, um ihren Zwilling zu umarmen. Nanni tat in diesem Augenblick genau dasselbe. Sie prallten zusammen, rutschten aus und fanden sich auf dem glitschigen Fliesenboden wieder. Da saßen sie, splitternackt und tropfnaß und lachten, bis ihnen die Bauchmuskeln weh taten.

Abends stürmte eine der Erstkläßlerinnen in den Aufenthaltsraum. Sie wollte eine Mitteilung machen, aber niemand kümmerte sich um sie, und die Musik war so laut, daß ihre Stimme nicht durchdrang.

Winnie bemerkte sie und erbarmte sich.

„Stellt mal eben den Krach leiser", verlangte sie. „Die Kleine will was sagen."

„Ich habe eine Kette gefunden", erklärte das Mädchen in die plötzliche Stille hinein, denn Jenni hatte den Plattenspieler ganz abgeschaltet.

Nanni fuhr von ihrem Stuhl hoch. Hanni brachte es fertig, erst Margaret und dann Anne auf den Fuß zu treten, als sie aufsprang und auf Babs zuschoß. Die Zwillinge erdrückten die Kleine beinahe vor Freude. Babs war noch ziemlich neu in Lindenhof und von diesem dankbaren Angriff überwältigt.

„Wo hast du die Kette gefunden?" fragte Hanni

„Wo hast du die Kette gefunden?“ wollte Hanni wissen.
„Unten an der Treppe, im Eck neben der Heizung. Seht mal, sie ist zerrissen.“
„Also nicht verschlampt“, flüsterte Nanni der Schwester zu. „Sie war alt und dünn geworden. Du konntest nichts dafür.“
„Vielen, vielen Dank, Babs“, sagte Hanni. „Du kriegst morgen mittag meinen Nachtisch.“
„Und meinen morgen abend“, fügte Nanni hinzu. „Ich bin so froh.“

Ist Trix eifersüchtig?

„Mensch, Trix“, sagte Bobby am nächsten Morgen zu Beginn des Deutschunterrichts, als alle noch durcheinanderredeten, „Gott sei Dank vertragen sich die Zwillinge wieder miteinander.“
„Na ja“, meinte Trix, „alle Geschwister und Freundinnen streiten sich gelegentlich. Das ist normal, finde ich.“
Bobby nickte. „Klar. Im Prinzip hast du recht. Krach gibt's überall mal, und wenn ich in den Ferien zu Hause bin und meine Schwester und mein Bruder auch... da fliegen die Tassen. Aber Hanni und Nanni, das ist was anderes. Die sind Zwillinge, nicht bloß Schwestern. Die halten zusammen. Die hängen unheimlich aneinander, manchmal glaube ich, viel mehr, als wir das verstehen. Verstehst du?“
Trix zuckte die Achseln. „Kann sein, kann auch nicht sein“, meinte sie mürrisch. „Ich finde es nur sonderbar, daß die Zwillinge ihre Extrawürste braten, und ihr anderen

bratet sie mit. Laß sie doch auch mal streiten. Schließlich sind sie nichts Besonderes, oder?"

Bobby lachte. „Du kennst sie noch zuwenig, Trix. Natürlich sind die beiden keine Engel, das wäre ja auch das letzte. Aber sie sind Klasse. Und zusammen ein Spitzenteam, eben weil sie einen Draht zueinander haben, den es wohl nur bei Zwillingen gibt. Übrigens muß das nicht unbedingt so sein. Ich kenne Zwillinge, die hacken pausenlos aufeinander rum. Bist du etwa eifersüchtig?"

Trix tippte sich an die Stirn, und Bobby lachte wieder. Selbstverständlich war Trix eifersüchtig, und genauso selbstverständlich hätte sie das niemals zugegeben.

„Jetzt bitte Ruhe dahinten", rief Fräulein Jenks. „Ich möchte euch gern eure Aufsätze zurückgeben."

Trix bekam ihr Heft als eine der ersten. Sie schlug es auf. „Ausgezeichnete Gedanken", stand da, „aber in der Darstellung einige Schwächen." Note eins bis zwei.

Während sie sich überlegte, ob sie sich über die gute Bewertung freuen oder sich ärgern sollte, daß es keine glatte Eins war, bat die Lehrerin Petra nach vorn.

„Petras Aufsatz ist mit weitem Abstand der beste", sagte sie und lächelte das unscheinbare, schüchterne Mädchen an. „Würdest du ihn uns vorlesen?"

Trix hörte zu, und jetzt ärgerte sie sich wirklich. Warum mußte Petras Aufsatz so gut sein? Er war es wirklich, das stimmte. Aber wäre er es nicht, dann würde man *sie* beachten und nicht diese langweilige, farblose Maus. Wieder einmal hatte es nicht für den ersten Platz gereicht... Trix verkrampfte sich. Alles hatte sich gegen sie verschworen, fand sie. Im Handball Hanni und Katrin, in Deutsch Petra... überall gab es jemanden, der besser war. Trotzdem, sie würde nicht aufgeben.

Ein hellblauer Seidenschal und eine Rettungsaktion

In Lindenhof hatte jede Klasse ihren eigenen „freien Nachmittag“. An diesem Nachmittag gab es kein Sporttraining, keinen Kunstunterricht und keine botanische oder sonstige Wanderung. Da konnten die Mädchen tun, was sie wollten, und vor allem konnten sie ins Städtchen fahren, ohne wie sonst um Erlaubnis bitten zu müssen.

Das Städtchen war eine Kleinstadt ohne besondere Attraktionen. Es gab einen hübschen Marktplatz mit alten Häusern, gleich daneben den See, den Fremde respektlos als Tümpel bezeichneten, es gab eine Stadthalle und – das interessierte die Lindenhoferinnen am meisten – es gab zwei Kaufhäuser, ein paar Boutiquen und mehrere Eisdielen und Cafés.

An diesem freien Nachmittag radelte die Klasse beinahe geschlossen hinunter. Am Markt spalteten die Mädchen sich in kleine Gruppen auf. Die einen wollten sofort in die *„Florentine“*, das beliebteste Eiscafé; einige gingen trotz des strahlenden Wetters ins Kino; Doris besuchte eine Tante. Die anderen zogen zum Einkaufen los. Hanni, Nanni, Bobby und Trix blieben zusammen. Sie klapperten die Boutiquen ab und stellten fest, daß ihnen alles zu teuer war. Außerdem war ihnen die kleinste Damengröße, 36, zu groß. Sie brauchten Teenagergrößen. Die hatte das Kaufhaus Obermüller, und so landeten sie dort.

Bei Obermüller war es voll, stickig heiß, aber wunderbar. Für ein Kleinstadtkaufhaus gab es hier eine gute

Auswahl an schicken Sachen. Während draußen der schönste Spätsommernachmittag über die Bühne ging, wühlten die Mädchen in Kleidern, Hosen, Pullis. Schweißtropfen standen ihnen auf der Stirn, doch das minderte ihre Begeisterung nicht. Schließlich kauften sie doch nur Kleinigkeiten. Zahnpasta, Seife, Süßigkeiten. Hanni mußte rote Söckchen haben, passend zu ihrer roten Bluse. Nanni fand ein himmelblaues T-Shirt, das statt DM 25,– nur noch DM 15,– kostete, und Bobby konnte einer riesigen Plüschmaus mit roten Glasaugen nicht widerstehen. Trix kaufte nur eine Haarspange.

Als die anderen gerade in einer Kabine verschwunden waren, um nicht nur das himmelblaue T-Shirt, sondern noch fünf andere, teurere anzuprobieren, fiel Trix wieder ein, daß sie sich vorgenommen hatte, großzügig zu sein. Sie hatte damit anfangen wollen, Bobby und Anne etwas zum Geburtstag zu schenken. Sie durfte es nicht vergessen. Trix überlegte. Viel Geld hatte sie nicht mehr. Sollte sie Bobby die Haarspange schenken? Und Anne etwas von ihren eigenen Sachen? Eigentlich hatte sie dazu keine Lust.

Sie schaute sich um. Die Leute drängten sich. An den Wühltischen ging es zu, als bekäme man dort etwas geschenkt. Trix schlenderte hinüber. Auf dem ersten Tisch häuften sich Seidentücher. Trix nahm eines in die Hand. Hübsch, sehr hübsch. DM 10,95. Zu teuer für sie, aber nicht zu teuer für einen solchen Schal. Trix dachte nach. Dann ließ sie ein besonders schönes hellblaues Tuch in ihre Tasche gleiten. Sie tat es ganz ruhig, ohne jede Nervosität. Sie hatte so etwas ja schon früher gemacht, daheim. Zusammen mit Sandra und Conny. Die beiden hatten ihr beigebracht, wie man „billig einkauft“, wie sie es nannten. Sie waren neu in die Klasse gekommen und hatten keinen

Anschluß gefunden. Trix hatte ebenfalls keine Freundin. Sie fand es wunderbar, daß die beiden sich um sie bemühten. Sie zeigten ihr auch, wie sehr sie sie mochten, indem sie ihr hin und wieder etwas schenkten. Trix freute sich. Sie dachte, die Mädchen könnten sich diese ungewöhnliche Freigebigkeit leisten. Daß ihre Eltern Geld hatten, war im Ort kein Geheimnis.

Als sie Trix dann erzählten, daß sie im Kaufhaus klauten, war sie entsetzt. Sie fand es widerlich und unanständig. Sandra lachte sie aus. „Hab dich nicht so", meinte sie. „Bist du nie im Leben im Bus schwarzgefahren?"

Natürlich hatte Trix das ein paarmal getan, wie fast alle anderen auch. Sie nickte.

„Also! Da hast du den Staat betrogen, nicht wahr. Aber du findest das nicht so schlimm, stelle ich mir vor. Wir klauen manchmal. Nur kleine Dinge, nichts Wertvolles, bestimmt keine goldene Uhr oder solche Sachen. So einen ähnlichen Reifen wie diesen da hat mein Vater mir aus Indien mitgebracht." Sie deutete auf den Armreifen aus bunt bemaltem Holz, den sie Trix neulich geschenkt hatte und den sie an diesem Tag gerade trug. „Er sagt, dort kosten die Dinger zwei Mark. Hier im Kaufhaus kosten sie acht. Warum soll ich da nicht einen mitnehmen?"

Trix war verwirrt. Das Beispiel mit dem Schwarzfahren hatte sie unsicher gemacht. Trotzdem wußte sie, daß bei all der oberflächlichen Logik etwas falsch war. Man durfte nicht stehlen. Auch dann nicht, wenn ein Geschäft die billigen Armreifen zu teuer verkaufte. Aber vielleicht hätte sie auch nicht schwarzfahren dürfen?

„Du bist bloß feige", grinste Conny. „Natürlich ist es verboten, zu klauen. Deshalb ist es ja gerade so spannend. Du mußt gut sein, damit sie dich nicht erwischen. So viel

Mut hast du nicht. Wir haben uns eben in dir getäuscht. Du bist einfach feige, das ist es.“

Beim nächsten Mal ging sie mit Conny und Sandra. Sandra stahl einen Lippenstift, ein Fläschchen Kölnisch Wasser und ein Stück Seife, Conny eine Schallplatte. Trix ließ sich die Seife schenken, obwohl sie sie nicht brauchte, Mami brachte aus der Parfümerie genug Seife nach Hause.

Beim zweiten Mal machte sie mit. Das Herz klopfte ihr bis zum Hals, und sie glaubte, es müßte jedem auffallen, daß sie vor Angst schwitzte. Sie stahl Ohrringe, billigen Modeschmuck. Die Freundinnen lobten sie und meinten, sie wäre prima und bestimmt kein Feigling. Trix wußte nicht, ob sie sich über das Lob freuen sollte. Die Ohrringe schenkte sie der Tochter von Mamis Putzfrau.

Es blieb nicht bei diesem einen Mal. Aber Trix ging nur mit Sandra und Conny, nie allein. Und sie klaute nie etwas, das sie selbst haben wollte. Sie nahm nur irgend etwas mit. Sie brauchte die Anerkennung der Freundinnen und das Gefühl, kein Feigling zu sein. Bloß manchmal, wenn sie irgendwann in der Nacht aufwachte und nicht gleich wieder einschlafen konnte, schämte sie sich. Und einmal fragte sie sich, ob sie nicht vielleicht deshalb *wirklich* ein Feigling war, weil sie Dinge tat, die sie nicht richtig fand, nur, um nicht als Feigling bezeichnet zu werden. Trotzdem hörte sie nicht auf damit. Und im Laufe der Zeit gewöhnte sie sich daran.

Sie wurden nie erwischt. Nach einem Jahr verließen Sandra und Conny die Schule. Nicht freiwillig, sie mußten gehen. Trix erfuhr nicht, was der Grund war. Um die Ladendiebstähle konnte es sich nicht handeln, denn Trix bekam keine Schwierigkeiten. Die Freundinnen verschwanden einfach. Trix war erleichtert, daß nun alles vorbei war. Die letzte Halskette, die sie geklaut hatte, warf sie in den Mülleimer. Doch sie war auch traurig, denn sie hatte ihre Freundinnen verloren und fühlte sich einsam in der Klasse.

Trix erinnerte sich an diese Zeit, als sie den blauen Schal in ihre Tasche gleiten ließ. Sie nahm noch einen zweiten, er war rosa und hatte ein kleines, hellgrünes Muster. Dann erschienen die Zwillinge und Bobby, rot, erhitzt und überaus zufrieden mit sich und der Welt. An der Kasse dauerte es lange. Trix kam nach Hanni und Bobby an die Reihe und bezahlte 3 Mark 50 für ihre Spange. Sie hatte vergessen, daß sie ihre Tasche noch einmal geöffnet hatte, weil sie ein Taschentuch brauchte. Jetzt war die Tasche offen, und der blaue Schal lag sichtbar obenauf.

Nanni mußte hinter ihr warten. Es dauerte eine Weile, weil die Kassiererin Wechselgeld holen mußte, um Trix herauszugeben. Zufällig sah Nanni das blaue Seidentuch. Es fiel ihr nur deshalb auf, weil sie es selbst gern gehabt hätte, es paßte haargenau zu dem neuen T-Shirt. Aber sie hatte keine zehn Mark mehr übrig und deshalb verzichtet.

Nanni starrte auf die blaue Seide und wußte nicht, was sie denken sollte.

Trix hatte keinen Schal gekauft und bezahlt, sondern nur eine Spange. Wie kam das Tuch dann in ihre Tasche? Oder war es vielleicht gar nicht das Tuch vom Wühltisch? Vielleicht war es nur ein ähnliches? Doch die winzigen weißen Blümchen am Rand, die hatte nicht jedes blaue Tuch. Nanni wurde heiß vor Schrecken, besser gesagt, noch heißer, denn heiß war ihr sowieso schon. Sie drehte eine Locke ihres Pferdeschwanzes um den Finger, immer wieder, das tat sie, wenn sie aufgeregt war.

Trix hatte den Seidenschal geklaut – das war Nanni klar

Trix hatte das Seidentuch geklaut, das war Nanni plötzlich klar. Wie konnte sie so etwas tun! Klauen, das ist stehlen. Diebstahl. Die Neue war eine Diebin. Nanni schluckte. Sie hatte ein scheußliches Gefühl im Bauch, so, als hätte sie selbst etwas Unrechtes getan. Sie wartete darauf, daß Trix ihr Wechselgeld bekam und daß sie selbst bezahlen konnte.

Endlich erschien die Kassiererin. Sie lachte und sagte zu der Schlange, die sich gebildet hatte: „Tut mir leid, es hat lang gedauert, aber ich kann nichts dafür. Bitte ärgern Sie sich nicht zu sehr."

Sie hatte ein freundliches, verschwitztes Gesicht. Und die Leute, die hinter Trix und Nanni anstanden, ärgerten sich auf einmal nicht mehr. Die fröhliche, herzliche Art der Kassiererin hatte ihren Mißmut verschwinden lassen.

Trix erhielt ihr Wechselgeld. Auf einmal dachte Nanni: Wenn ich ihr nun unrecht tue? Diese Seidentücher sind Massenware, die gibt es bestimmt nicht nur bei Obermüller, sondern auch in anderen Kaufhäusern. Wahrscheinlich hat Trix den Schal früher mal gekauft, zu Hause. Und ich verdächtige sie. So ein Blödsinn! Nanni war erleichtert. Sie nahm sich vor, besonders nett zu Trix zu sein, weil sie ihr heimlich unrecht getan hatte. Aber ein komischer Zufall blieb es trotzdem...

„Was ist denn? Schläfst du im Stehen ein?" rief Bobby.

Nanni stand immer noch mitten im Gedränge und starrte Löcher in die Luft.

„Entschuldigt, ich komme ja schon."

Jetzt ging es auf dem kürzesten Weg ins Eiscafé. Himbeereis mit Pistazien und ein Haufen Schlagsahne obendrauf beruhigte Nannis Seelenleben schnell wieder.

„Was machen wir mit dem angebrochenen Nachmittag?" fragte Hanni, als die Portionen aufgegessen waren.

„Wir könnten dableiben und noch mal ein Eis bestellen", schlug Trix vor.

„Du bist ein gefräßiges Ungeheuer", grinste Bobby, „und die Zwillinge haben immer noch so eishungrige Augen, die würden glatt ja sagen, aber ich finde, es reicht. Drehen wir lieber eine Runde auf dem See." Die anderen stimmten zu. Als sie am See ankamen, waren natürlich alle Tretboote vermietet. Sie nahmen sich zwei Ruderboote. Bobby und Trix ruderten als erste auf den glitzerblauen Weiher hinaus, die Zwillinge folgten ihnen. In letzter Sekunde hatte Nanni noch vier Eistütchen erstanden. Lutschend und rudernd glitten sie über das Wasser. Es war wirklich schön. Vom Strandcafé klang Musik herüber, Kinder schrien und lachten, zwei Libellen surrten ganz nahe an ihnen vorbei. Hanni fand, sie sähen aus wie Wesen von einem anderen Stern.

„Stell dir vor, die wären hundertmal so groß", kicherte sie, und Nanni schüttelte sich. „Und stell dir vor, so eine Super-Libelle würde zum Obermüller reinfliegen, mit Einkaufstasche, versteht sich, und sich auf dem Wühltisch mit den Seidentüchern niederlassen..."

Sie lachte, und Nanni lachte mit. Plötzlich hörte sie auf. Beim Stichwort Wühltisch und Seidentuch fiel ihr alles wieder ein. Eigentlich hatte sie mit niemandem über Trix und diesen Verdacht reden wollen. Doch mit Hanni konnte sie darüber sprechen. Sie würde ihre Meinung sagen und den Mund halten. Das war wichtig. Denn über eine derartige Geschichte durfte nicht in der Klasse getratscht werden.

„Hanni", fing Nanni an, „mir ist heute im Kaufhaus eine

komische Sache aufgefallen."

„Ja?" fragte Hanni uninteressiert und leckte sich die Eisreste von den Fingern.

„Trix hat..."

Sie kam nicht weiter. Aus dem Ruderboot, das sie gerade überholten, beugte sich ein kleines Mädchen. Genau in diesem Moment kippte sie über den Rand und fiel ins Wasser. Die drei im Boot – es waren Kinder zwischen zehn und zwölf – schrien, die Kleine kreischte und spuckte.

„Idioten!" fauchte Hanni.

Dann sprang sie. Nanni hielt die Tasche der Schwester fest, die vom Boot zu rutschen drohte. In zwanzig Sekunden war die Aktion vorbei. Hanni kletterte mit dem triefenden Rotschopf wieder in ihr Boot. Gemeinsam mit Nanni packte sie das Kind um die Taille und hielt es mit dem Kopf nach unten fest.

„Jetzt kotz mal ordentlich", sagte Nanni liebevoll.

Die Kleine gehorchte. Sie schien den halben See geschluckt zu haben und spuckte ihn wieder aus, dazu noch ein bißchen rosa Eiscreme und das Gulasch vom Mittagessen. Im Boot drüben weinte jemand, die rothaarige Kleine weinte auch, dann schien alles wieder in Ordnung zu sein. Hanni drehte sie um. Nanni nahm die Kleine in den Arm und streichelte ihre nassen Locken.

„Nicht weinen, Maus, ist ja gut", murmelte sie.

„Wir fahren zurück", rief Hanni den Kindern im Ruderboot zu. „Kommt nach und beeilt euch."

Am Bootsverleih warteten schon ein paar Leute. Der See war so klein, daß man den Unfall und die schnelle Rettung bemerkt hatte.

„Habt ihr prima gemacht", lobte Herr Bauer, dem die

Boote gehörten und der in dem Ruf stand, ewig schlechter Laune zu sein.

Die Zuschauer nickten beifällig.

Frau Bauer zog die nasse Kleine aus und rieb sie mit einem Handtuch trocken. Hanni bekam auch ein Handtuch, aber es nützte ihr nicht viel, schließlich war sie voll angezogen und konnte sich nicht splitternackt hinstellen wie das Kind, das schon wieder lachte. Aber es war warm, da würden nasse Klamotten kaum Schaden anrichten. Nach der Bruthitze im Kaufhaus war es eher eine Erfrischung.

Dann legten die Geschwister der Kleinen – sie sagte, sie hieße Pips – mit einem gewagten Landemanöver am Steg an und schlossen ihre Schwester in die Arme. Pips heulte gleich noch mal, allerdings nur in Kurzfassung, denn eine Dame erschien plötzlich mit einem Teller voller Eistüten. Eisschlecken und Weinen vertragen sich schlecht miteinander, deshalb stellte Pips das Weinen ein. Sie war hingerissen und lutschte so schnell wie eine Maschine. Die Lindenhof-Mädchen waren langsamer. Sie liebten Eis, aber die dritte Portion in einer Stunde...

Auch Trix und Bobby kamen in den Genuß der Eisspende. Sie hatten gesehen, was passierte und waren eiligst zurückgerudert.

Dann zogen die Geschwister mit Pips ab. Hanni tröpfelte nur noch leise. Langsam wurde ihr doch etwas kühl.

„Ich glaube, wir hauen ab“, meinte sie.

Herr Bauer hielt die Zwillinge fest, als sie sich auf ihre Räder schwingen wollten.

„Falls ihr wieder mal vorbeikommt“, muffelte er freundlich, „das nächste Mal könnt ihr ein Boot umsonst haben.“

Sie bedankten sich. Er war offensichtlich netter, als er es zugeben wollte.

Sie waren rechtzeitig zum Abendessen in Lindenhof, und Hanni erschien sauber und trocken im Speisesaal. Zum Nachtisch gab es diesmal eine Sensation: für jede Schülerin einen großen Eisbecher. Die Hausmutter hatte sich selbst übertroffen. Alle jubelten. Nur Hanni, Nanni, Bobby und Trix schauten sich wehmütig an. Noch ein Eis ging über ihre Kräfte. Ein Jammer, daß man es nicht aufheben konnte. Mit einem Seufzer reichte Nanni ihren Becher an Anne weiter.

„Magst du?"

„Immer!" mampfte Anne, die mit ihrer eigenen Portion noch nicht fertig war. „Hast du Bauchschmerzen?"

Nanni berichtete. Von den verschiedenen Eisportionen und von der kleinen Pips. Währenddessen wechselten auch die anderen drei Eisbecher die Besitzerin. Die Mädchen fanden es prima, daß Hanni, ohne lange zu überlegen, ins Wasser gesprungen war und das Kind herausgezogen hatte. Ihre Begeisterung drang bis zu Mamsell und Fräulein Jenks, die am Nebentisch saßen.

„Ich freue mich", sagte Fräulein Jenks in ihrer ruhigen, zurückhaltenden Art.

Und Mamsell lachte die Zwillinge an, so strahlend und herzlich, wie sie es konnte, wenn sie guter Laune war.

„Bien, mes chères filles", lobte sie. „Das habt ihr très bien gemacht. Dafür werde ich euch im Notfall auch mal ein paar schreckliche Verben verzeihen..."

Erst viel später, im Bett, als Hanni schon schlief, dachte Nanni wieder daran, daß sie der Schwester die Sache mit Trix hatte erzählen wollen. Nun, es eilte nicht, sie konnte es morgen tun. Doch dann beschloß sie, diesen Verdacht, der nur ein halber Verdacht war, für sich zu behalten.

Vermutlich tat sie Trix unrecht. Vielleicht war der Unfall am See, der sie heute nachmittag am Reden gehindert hatte, ein Wink des Schicksals gewesen.

Drei Zimmer weiter schlief Trix auch noch nicht. Sie machte sich keine Sorgen wegen der beiden gestohlenen Tücher. Sie beschloß nur, das blaue Tuch nicht Bobby zu schenken, wie sie es geplant hatte. Tessie sollte es bekommen, sie hatte demnächst Namenstag, sie würde sich bestimmt freuen. Bobby würde das rosa Tuch kriegen, und für Anne würde sich schon etwas finden. Was sie am Schlafen hinderte, war der Gedanke an Hanni. Warum waren gerade die Zwillinge dagewesen, als das Kind aus dem Boot fiel? Natürlich wäre sie genauso wie Hanni ins Wasser gesprungen und hätte die Kleine herausgeholt. Es war ja keine Heldentat gewesen, nicht einmal eine besonders mutige Tat, einfach eine spontane Hilfeleistung, für die man die Unbequemlichkeit in Kauf nehmen mußte, naß zu werden. Hätte sie statt Hanni die Möglichkeit gehabt, das Mädchen zu retten, dann wäre *sie* heute abend beachtet und bewundert worden. Sie war wütend auf Hanni und neidisch. Dabei wußte sie, daß es ungerecht war. Nur... sie konnte einfach nicht anders.

Eine große Enttäuschung

Das Spiel gegen die zweite Klasse gewannen die Mädchen von der dritten. Allerdings nicht haushoch, wie sie gehofft hatten, sondern nur gerade eben. Die Kleinen waren gar nicht so klein, und sie hatten ein paar recht gute Spielerinnen. Hanni, Katrin und Trix waren allerdings in Topform, jede warf ein Tor, Hanni sogar zwei. Auch Bobby, Jenni und Nanni schafften es, einen Ball ins Tor zu kriegen. 7:6 hieß das Ergebnis. Einer alten Lindenhofer Tradition zufolge spendierten die Unterlegenen den Siegerinnen am Abend ihren Nachtisch.

Dann gab es noch ein Spiel gegen die Vierte. Damit war die Vorbereitung zu Ende, und Marianne würde die Mannschaft der Unterstufe aufstellen, die gegen die Auswärtigen spielte. Hanni machte sich keine Sorgen. Sie wußte, sie würde dabeisein. Auch Katrin vertraute darauf, daß sie sich im vergangenen Jahr als zuverlässige Spielerin erwiesen hatte. Und wenn Marianne wirklich fand, Trix wäre besser als sie – bitte. Katrin war nicht ehrgeizig. Trotzdem verstand sie irgendwie, daß der Neuen so viel daran lag, in die Mannschaft eingeteilt zu werden. Sie selbst hatte es am Anfang schwer gehabt. Natürlich war es ihre eigene Schuld gewesen. Und natürlich war Trix selber schuld daran, wenn sie sich ärgerte, weil sie es nicht schaffte, in den ersten vier Wochen alle anderen zu überflügeln. Aber Trix tat ihr leid. Sie kämpfte verbissen. Um was eigentlich? Nur um das Handballspiel? Oder darum, anerkannt und geliebt zu werden?

Trix zitterte dem Trainingsspiel gegen die vierte Klasse entgegen. Wenn sie es da schaffte, Hanni oder Katrin auszustechen, mußte Marianne ihr einen Platz in der Mannschaft geben. Oder etwa nicht?

Am Tag vor dem Spiel hatte Bobby Geburtstag. Trix schenkte ihr das rosa Halstuch. Das blaue hatte sie ihrer Schwester geschickt. Bobby freute sich sehr.

Trix fand es wichtig, Bobbys Freundschaft zu gewinnen. Nicht nur, weil sie das Zimmer miteinander teilten.

Sie mochte Bobby wirklich gern, mit all ihrer rothaarigen Schlaksigkeit, ihren Sommersprossen und ihren lustigen Sprüchen. Bobby war bei allen beliebt. Und das war der zweite Grund, aus dem Trix mit ihr richtig befreundet sein wollte. Es würde ihr helfen, jemand zu sein, glaubte sie.

Natürlich hätte sie das Ziel, Bobby eine Freude zu machen, auch erreichen können, ohne zu stehlen. Die anderen Mädchen hatten ebenfalls kein überflüssiges Taschengeld. Die Zwillinge opferten für Bobby die Pralinenschachtel, die ihnen ihre Mutter geschickt hatte – zum Trost, weil sie Mutters Geburtstag so mitten im Schuljahr nicht zu Hause mit ihr feiern konnten. Katrin hatte einen Strauß aus getrockneten Blumen und Gräsern gebunden – er kostete überhaupt nichts. Doch von solchen persönlichen Anstrengungen hielt Trix nicht viel.

Sie gingen alle mit viel Optimismus in das Spiel gegen die vierte Klasse, obwohl sie wußten, daß die anderen sehr stark waren. Gegen die Vierte hatten schon einmal die Großen aus der Oberstufe verloren. Das Spiel wurde eine Enttäuschung für die Dritte. Katrin warf zwar zwei Tore, aber das genügte nicht. Hanni hatte diesmal nicht viel Glück. Und Trix kämpfte tapfer, doch ohne besonderen Erfolg. Die Dritte verlor mit Anstand.

Die Lagebesprechung der Unterstufe fand am nächsten Tag statt. Die Mädchen hockten im Garten im Kreis, im Schatten der Blutbuche. Offiziell leitete Fräulein Tillmann die Versammlung. Sie war als Praktikantin für ein paar Wochen in Lindenhof, und da sie sehr sportlich war, hatte Fräulein Theobald sie gebeten, die kranke Turnlehrerin zu vertreten. Sie bemühte sich, und bei den älteren Schülerinnen kam sie auch gut an. Aber Marianne hatte es von Anfang an verstanden, ihr den Wind aus den Segeln zu nehmen. Fräulein Tillmann fühlte sich unsicher mit ihrer neuen Verantwortung. Wenn etwas zu entscheiden war, hatte sie Angst, einen Fehler zu machen. Marianne kannte solche Bedenken nicht. Sie platzte vor Selbstsicherheit fast aus den Nähten und nützte die Situation aus. Sie wußte, daß sie wieder eine Nummer kleiner werden würde, sobald Fräulein Wilton aus dem Krankenhaus zurückkehrte.

Also führte Marianne das große Wort. Fräulein Tillmann fand das sogar richtig. Sie kannte die Schülerinnen nicht gut genug, um sich die Entscheidung zuzutrauen, wer nun in der Unterstufenmannschaft gegen die auswärtigen Gäste spielen sollte. Sie sagte nur ein paar Worte, dann hielt sie sich im Hintergrund. Marianne redete gern. Und lange. Kurz bevor es zu viel wurde, kam sie zum Thema.

„Also jetzt zur Aufstellung der Mannschaft für Samstag. Fräulein Tillmann und ich haben uns das so gedacht: Sabine aus der Vierten geht ins Tor, ich glaube, daran hat niemand gezweifelt. Außerdem spielen aus der Vierten Lucie und Anette. Aus der Dritten Hanni und Katrin, aus der Zweiten…"

Das Weitere hörte Trix nicht mehr. Die Enttäuschung schwappte wie eine Riesenwelle über sie weg, füllte sie bis zum Rand mit Bitterkeit und Wut. Alles war umsonst gewesen. Sie hatte umsonst gehofft und sich umsonst angestrengt. Es war gewesen wie immer: Sie schaffte es beinahe, aber nicht ganz.

Sie biß die Zähne zusammen. Sie wollte um keinen Preis weinen. Niemand durfte ihr anmerken, wie traurig und verletzt sie war.

Zehn Minuten später war die Versammlung beendet.

Die Mädchen standen auf, klopften sich die Grashalme vom Po und verteilten sich im Park. Nanni hatte schräg hinter Trix gesessen und ihr Gesicht gesehen.

„Sagt ihr was Nettes, du und Katrin“, flüsterte sie ihrer Schwester zu. „Trix ist nicht bloß sauer, daß sie am Samstag nicht spielen wird, das wärst du vermutlich an ihrer Stelle auch – sie ist, ich weiß nicht genau, ich glaube, richtig kaputt. Sie nimmt die Sache schrecklich ernst. Die hat so viel Ehrgeiz im Bauch, daß sie daran erstickt. Blöd eigentlich. Trotzdem tut sie mir leid.“

Hanni nickte. „Mach ich. Ich sage ihr, daß sie beim nächsten Wettspiel gegen Steinberg oder Eichenwald bestimmt dabeisein wird. Das ist nicht mal eine freundliche Lüge, sie kann wirklich was. Aber sie sollte sich nicht so anstellen, finde ich. Schließlich spielst du auch nicht, und außer Katrin und mir keine andere der Klasse, und ihr heult deshalb nicht das Kopfkissen naß.“

„Elli vielleicht schon“, sagte Nanni. Elli hatte sich seit dem Zufallstor neulich nicht weiter angestrengt. Sie interessierte sich sowieso nicht für Sport. Da schwitzte man, sah häßlich aus und wurde schmutzig.

„Aber ich weine sicher nicht. Gestern hat Carlotta sich erweichen lassen und mit mir den ersten Mini-Salto geübt. Ich bin nicht mal allzu böse auf den Bauch geplatscht. Jedenfalls war's toll. Da lasse ich euch am Samstag gerne euren Ball. Beim Büfett darf ich ja mitessen.“

Hanni lachte und suchte nach Trix. Doch die war verschwunden. Sie hatte sich im Klo eingeschlossen und heulte. Eigentlich hätte sie lieber im Bett geheult als in der Toilette, doch Bobby konnte jeden Moment ins Zimmer kommen, und die sollte ihre Tränen nicht sehen. Dabei gab es Grund genug zum Weinen, fand Trix. Eine andere hätte sich gefreut, auf Anhieb in der neuen Schule zu den drei besten Handballspielerinnen der Klasse zu gehören. Sie empfand es anders: als persönliches Versagen und als Gemeinheit der anderen. Sie war verzweifelt. Mamis letzter Brief trug auch nicht dazu bei, ihre Stimmung zu heben. Frau Fellner berichtete ausführlich davon, daß Tessie zum drittenmal den Pokal ihrer Altersgruppe im Tennisclub gewonnen hatte. Und daß sie demnächst Werbefotos für Teenagerkosmetik machten würde. Auch das noch, dachte Trix und putzte sich die Nase mit Toilettenpapier. Dann konnte sie in Zukunft Tessies hübsches, strahlendes Gesicht in jeder Illustrierten bewundern und wurde noch öfter als sonst daran erinnert, was für eine großartige Schwester sie hatte und wie wenig sie selbst zustande brachte...

Was ist mit Hanni los?

Am Freitag abend bekam Hanni Zahnschmerzen. Links unten hämmerte und tobte es, einfach ekelhaft.

„Nimm eine Tablette", riet Nanni. „Das hilft bestimmt."

Hanni nahm eine Tablette, und anfangs half sie wirklich. Hanni schlief ein. Gegen vier wurde sie wach. Der Zahn führte sich auf wie ein böses kleines Raubtier, das an ihr herumbiß und nicht aufhören wollte. Eine zweite Tablette half nicht. Um sechs Uhr war Hanni gewaschen und angezogen. Sie schlich die Treppe hinunter und spazierte durch den morgenfrischen Park. Ohne Zahnschmerzen wäre es wunderbar gewesen. Sie nahm sich vor, ein anderes Mal freiwillig so früh aufzustehen und über die taunassen

„Nimm eine Tablette!" riet Nanni. „Das hilft bestimmt!"

Wiesen zu gehen. Aber wahrscheinlich würde es bei dem Vorsatz bleiben. Es war so angenehm, sich noch einmal im Bett umzudrehen und sich in die Kissen zu kuscheln.

Um halb sieben erschien die Hausmutter mit ihren zwei Helferinnen in der Küche, um zu frühstücken.

„Hallo“, lachte sie, „was treibt denn dich um diese Zeit herunter? Kannst du vor lauter Hunger nicht mehr schlafen?“ Dann sah sie Hannis verzogenes Gesicht und wurde ernst. „Ist etwas passiert? Bist du krank oder sonst jemand?“

Hanni ließ sich auf einen Stuhl fallen.

„Ich habe seit gestern abend wahnsinnige Zahnschmerzen. Zuerst dachte ich, sie gingen mit einer Tablette weg. Es hat nichts genützt. Ich fürchte, da irgendwo links unten habe ich ein Loch. So, wie es sich anfühlt, muß es ein Krater sein, eine Miniausgabe vom Ätna. Seit vier konnte ich nicht mehr schlafen, und da dachte ich, Sie hätten vielleicht etwas Besseres als eine harmlose Tablette.“

„Trink erst mal eine Tasse Tee, dann überlegen wir weiter“, meinte die Hausmutter und goß doppelt soviel Sahne hinein wie sonst.

Hanni trank und fühlte sich gleich ein bißchen besser. Nicht weil die Schmerzen nachgelassen hatten, sondern weil es hier in der Küche so angenehm und beruhigend war. Es duftete nach Tee und frisch gebackenem Weißbrot, nach heißer Milch und dem Obstkuchen von gestern. Außerdem hatte die Hausmutter etwas ungeheuer Tröstliches an sich. Daß sie von den Mädchen aus langer Tradition nicht mit ihrem Namen, sondern mit „Hausmutter“ angeredet wurde, mochte altmodisch sein. Doch sie war so mütterlich und herzlich, daß niemand das Wort komisch fand. Dabei konnte sie Haare auf den Zähnen haben, wenn es nötig war.

„Magst du ein Stück Kuchen“, fragte die Hausmutter.

Hanni sagte nicht nein, aber es schmeckte ihr nicht, vielleicht deshalb, weil sie nur rechts kauen konnte, links bereitete der Ätna gerade einen Vulkanausbruch vor.

„Haben Sie nicht irgendwelche Tropfen in Ihrem Giftschrank?“ bat Hanni. Die Schülerinnen nannten den Schrank so, in dem die Hausmutter ihre Alltags-Medikamente aufbewahrte. Ihre Spezialtropfen gegen Magenverstimmung zum Beispiel, die sie gern den Mädchen verabreichte, die nach einer Mitternachtsparty mit grünlichem Gesicht herumschlichen. Hanni scheute den hausmütterlichen Giftschrank normalerweise genauso wie ihre Freundinnen, aber heute war ihr alles recht. Hauptsache, die Schmerzen ließen nach, und sie konnte am Nachmittag spielen. Wenn sie sich weiterhin so gräßlich fühlte wie jetzt, würde sie kein einziges Tor werfen. Ach du lieber Himmel, was hieß da Tor! Sie würde herumstehen und sich und die Schule blamieren.

Die Hausmutter gab ihr ein Schnapsglas, das mit braunem Sirup gefüllt war.

„Es schmeckt scheußlich“, sagte sie, „aber vielleicht hilft es. Und jetzt leg dich noch eine Stunde hin.“

Der Sirup half nicht, und aufs Hinlegen verzichtete Hanni. Um halb neun klopfte sie an Fräulein Theobalds Bürotür. Nachdem sie der Direktorin erzählt hatte, worum es ging, durfte sie sich auf die Couch setzen. Fräulein Theobald rief Herrn Dr. Mühlhofer an, den Zahnarzt, der Lindenhof betreute. Leider war er nicht zu Hause, sondern mit seinen Söhnen auf einer Wanderung im Wald, um Pilze zu suchen. Seine Frau meinte, bis elf würde er heimkommen, Hanni sollte gegen halb zwölf in der Praxis sein, dann würde er sich um sie kümmern.

„Einen Augenblick, bitte, Frau Mühlhofer“, meinte die Direktorin und wandte sich Hanni zu. „Es geht erst um halb zwölf. Willst du so lange warten? Sonst fahre ich dich gleich ins Krankenhaus.“ Hanni wollte lieber warten. Im

Krankenhaus saßen sicher schon eine Menge Leute. Außerdem war Dr. Mühlhofer ein netter Mann. Wenn er schon bohren mußte, dann bohrte er verhältnismäßig gefühlvoll, was man bei einem fremden Zahnarzt nicht wissen konnte.

„Gut", nickte Fräulein Theobald. „Sei um viertel nach elf hier in meinem Zimmer, ich bringe dich in die Stadt."

„Quatsch", rief Hanni und entschuldigte sich, denn zu Fräulein Theobald durfte man nicht einfach Quatsch sagen wie zu anderen Leuten. „Ich meine, das ist nicht nötig. Ich radle runter. Schließlich tut mir der Zahn weh und nicht der Po."

Fräulein Theobald lachte.

„In Ordnung. Aber ich möchte nicht, daß du allein gehst. Nanni soll mitfahren. Oder eine andere."

In diesem Moment klopfte es an der Tür. Es war Trix.

„Bitte, Fräulein Theobald, ich habe ein Päckchen für meine Großmutter. Sie wird am Montag siebzig. Ich habe den Geburtstag vergessen. Darf ich in die Stadt radeln und das Geschenk zur Post bringen? Es dauert nicht lange."

Normalerweise schätzte die Direktorin solche Wünsche nicht besonders. Jetzt kam Trix ihr gerade recht.

„Ja", nickte sie, „du darfst. Hanni muß zum Zahnarzt. Du begleitest sie, und in der Zwischenzeit kannst du dein Päckchen aufgeben."

„Vielen Dank."

„Noch etwas, Hanni", fuhr Fräulein Theobald fort. „Ich weiß, daß du heute nachmittag Handball spielen sollst. Wenn du das Dr. Mühlhofer erzählst, wird er vermutlich deinen Zahn nicht plombieren, sondern dir vorläufig nur eine schmerzstillende Spritze geben. Im Prinzip bin ich dagegen, aber das ist eine Ausnahmesituation. Vielleicht sagt er dir, du müßtest dich ein bißchen bei ihm hinlegen wegen der Injektion. Tu das bitte. Du brauchst nicht pünktlich zum Mittagessen hier zu sein. Wenn du später kommst, macht dir die Hausmutter eine Kleinigkeit."

Hanni bedankte sich.

Ihr war es recht, daß Trix selbst ins Städtchen wollte, daß man nicht jemanden als Begleitung für sie abkommandiert hatte. So gern die Mädchen sonst in den Ort fuhren, heute hätte wohl keine Lust dazu gehabt. Das Wettspiel erregte die Gemüter. Außerdem mußte einiges vorbereitet werden. Die Mädchen, die „Kochen" als Wahlfach hatten, rotierten bereits. Am Abend sollte es ein kaltes Büfett geben, ein richtiges Festessen. Nachdem die Handballmannschaften ihr Können gezeigt hatten, waren die Köchinnen dran.

Hanni dachte, daß sie vielleicht heute Gelegenheit finden würde, Trix etwas Nettes zu sagen. Neulich war sie ja nicht dazu gekommen, und dann hatte sie es vergessen. Es war nicht leicht, mit Trix warm zu werden, fand sie. Sie hatte nichts gegen die Neue. Aber wenn eine so ehrgeizig und verschlossen war, wie sollte man sich dann mit ihr anfreunden?

Auf dem Weg in die Stadt ergab sich natürlich keine Unterhaltung. Dann lehnten sie ihre Räder an den Gartenzaun des Zahnarzthauses. Hanni klingelte.

Frau Mühlhofer öffnete. Sie drückte die Tür mit dem Ellenbogen auf, denn in der einen Hand hielt sie ein paar Blumenzwiebeln, in der anderen einen Spaten. Hanni kannte sie nur als Sprechstundenhilfe ihres Mannes. Heute, am Samstag, war sie Hausfrau und Gärtnerin.

„Setzt euch ins Wartezimmer", meinte sie. „Mein Mann kommt gleich."

Die Mädchen setzten sich. Trix blätterte in einer Zeitschrift.

„Du... begann Hanni. „Ich wollte mit dir über das Handballspiel reden. Es tut mir leid, daß du...

Frau Mühlhofer erschien.

„Bist du nun eigentlich Hanni oder Nanni?“ fragte sie lachend. „Ich habe zwar am Telefon Hanni verstanden...“

„Stimmt, ich bin’s“, sagte Hanni.

Frau Mühlhofer lachte wieder. Sie lachte oft und gern. Man sah es an den Grübchen in ihren Wangen und an den Lachfalten um die Augen. „Für meinen Mann seid ihr Zwillinge kein Problem. Wenn ihr den Mund aufmacht, erkennt er euch an den Zähnen. Aber ich möchte ihm gleich deine Karteikarte bereitlegen.“

Als sie gegangen war, startete Hanni einen zweiten Versuch.

„Trix, bist du böse, weil ich spiele und du nicht? Beim nächsten Mal klappt es vielleicht besser. Wenn wir gegen Eichenwald zwei Mannschaften der Unterstufe aufstellen, bist du auf jeden Fall dabei.“

Trix starrte sie aus ihren hellblauen Augen an.

Hanni wollte weiterreden, doch da kam der Arzt.

„Laß dich mal anschauen, Hanni“, meinte er herzlich. „Dich kriegen wir schon hin für euer Handballspiel, keine Sorge.“

Trix fragte, ob es recht wäre, wenn sie rasch zur Post ginge.

„Natürlich, eine halbe Stunde wird es wohl dauern.“

Dr. Mühlhofer war ein netter Mann. Und ein guter Zahnarzt. Er warf einen Blick auf Hannis Gebiß, dann gab er ihr eine schmerzstillende Injektion. Es piekste gar nicht so schlimm, fand Hanni.

Sie war froh, als sie merkte, wie schnell die Spritze wirkte. Als sie vom Behandlungsstuhl herunterrutschen wollte, weil sie glaubte, sie wäre schon fertig, hielt Dr. Mühlhofer sie zurück.

„Halt, Kind", lachte er. „Das war nur der Anfang. Du hast ein nicht zu kleines Loch im Backenzahn. Das werden wir jetzt stopfen."

„Aber", wandte Hanni, die sich vor dem Plombieren fürchtete, ein, „Fräulein Theobald meinte, sie würden mir heute nur eine Spritze geben und den Rest am Montag erledigen."

Der Doktor schüttelte den Kopf.

„Eure Direktorin ist eine sehr nette und kluge Dame, aber keine Zahnärztin. Ich werde deinen Zahn sofort plombieren, dann hast du es hinter dir. Es tut nicht weh, und du wirst auch heute nachmittag keine Schmerzen haben. Das verspreche ich."

Es tat wirklich nicht weh, die Spritze wirkte. Später war Hanni ganz erleichtert. Sie hatte zwar ein etwas steifes Gesicht und sah auf der linken Seite beinahe viereckig aus, doch sie spürte keine Schmerzen mehr, wie Dr. Mühlhofer es prophezeit hatte.

Als Trix zurückkam, hüpfte Hanni ihr vergnügt entgegen.

„Sag mal", schlug Trix vor, „hättest du Lust, vor dem Heimfahren noch zu Obermüller zu gehen? Ich brauche dringend Zahnpasta."

Hanni schaute auf die Uhr. Sie hatten Zeit genug. Das Mittagessen interessierte sie nicht. Ihr Kiefer war pelzig wie hundert Grizzlybären. Außerdem hatte sie die Erfahrung gemacht, daß es dumm war, sich vor einem Wettspiel mit Essen vollzustopfen. Davon wurde man faul und müde.

„Klar, besorgen wir deinen Kram", stimmte sie zu.

Die Mädchen kauften nicht nur Trix' Zahnpasta, sondern auch einige andere Kleinigkeiten. Und natürlich bummelten sie ein bißchen herum. Es gab immer eine Menge interessanter Sachen zu sehen. Hanni war mit sich und der Welt zufrieden. Die schlimme Nacht hatte sie vergessen, jetzt fühlte sie sich gut. Sie ahnte nicht, daß es in Trix brodelte.

Trix hatte die Enttäuschung, nicht in der Auswahlmannschaft der Unterstufe mitspielen zu dürfen, nicht überwunden. Im Gegenteil. Und Hannis gutgemeinte Worte hatten sie noch wütender gemacht. Es verletzte sie, daß Hanni alles nicht so wichtig zu nehmen schien. Sie spürte Hannis Selbstbewußtsein – genau das, was ihr selbst fehlte. Hanni war stolz darauf, wenn sie gute Leistungen brachte und freute sich über jeden Erfolg. Wenn sie mal versagte, regte sie sich nicht darüber auf.

Als Trix am Morgen erfuhr, daß Hanni Zahnschmerzen hatte, hatte sie Herzklopfen vor Erregung bekommen. Nicht, daß sie Hanni oder irgendwem sonst Schmerzen wünschte, nein, bestimmt nicht. Aber vielleicht konnte Hanni nicht spielen. Dann würde Marianne sie, Trix, bitten, einzuspringen. Aber wieder einmal hatte sie sich geirrt. Hannis Zahn war plombiert und sie selbst quietschvergnügt.

Ich habe nie Glück, dachte Trix. Immer die anderen. Ich nie.

Sie standen an einem Tisch mit Sportkleidung. Tennisshorts, Turnhosen, Stirnbänder, alles mögliche. Es waren hübsche Sachen. Hanni kramte herum. Sie hätte neue Shorts brauchen können. Aber heute wollte sie keine kaufen. Erst nächsten Monat. Trix schaute sich um. Ein

Mann im grauen Anzug fiel ihr auf. Er spazierte herum, redete ab und zu ein paar Worte mit einer Verkäuferin. Die Angestellten behandelten ihn respektvoll. Vielleicht war er der Besitzer oder der Geschäftsführer. Und in diesem Moment hatte Trix eine Idee. Es war eine ebenso tollkühne und verrückte wie bösartige Idee. Sie zögerte nicht. Wie im Traum nahm sie ein blaues Stirnband vom Tisch, als sowohl Hanni wie auch der Mann im grauen Anzug nicht in ihre Richtung blickten. Verkäuferinnen fand man in der Umgebung der Wühltische sowieso nur selten, auch dann nicht, wenn man sie gebraucht hätte. Dann griff Trix nach weißen, glänzenden Shorts Größe 34. Sie knüllte die beiden Dinge zusammen und stopfte sie unauffällig von hinten in Hannis große Korbtasche.

Trix wußte, daß es gefährlich war, was sie tat. Gefährlich für sie selbst. Doch niemand bemerkte etwas. Der Korb war offen, und die Shorts und das Stirnband lagen obenauf.

Trix biß sich auf die Lippe. Sie hatte Angst. Sie wußte auch, daß sie gemein war. Doch sie wollte ihr Ziel erreichen. Wenn es nicht anders möglich war, dann auf diesem Weg.

„Du, Hanni“, rief sie und wunderte sich, daß ihre Stimme normal klang, daß man ihr die Nervosität nicht anhörte. „Wollen wir gehen?“

Hanni nickte. „Klar, wir sausen los.“

Trix war als erste an der Kasse, bezahlte ihre Sachen. Vor Hanni hatten sich zwei Damen aufgebaut, jede mit einem Berg von Einkäufen. Der Mann im grauen Anzug lehnte an einer Spiegelsäule.

Trix spürte die Angst im Bauch. Plötzlich tat es ihr leid, was sie angerichtet – oder vielleicht angerichtet – hatte.

Wenn dem Mann Hannis Tasche nicht auffiel, wenn die Kassiererin nicht mißtrauisch wurde, war alles in Ordnung. Hanni würde sich später höchstens darüber wundern, wo die Sachen herkamen. Aber wenn man sie tatsächlich des Diebstahls verdächtigte, würde sie dann nicht sagen: Fragen sie doch mal meine Freundin? Oder etwas Ähnliches. Trix spürte, wie sie zu schwitzen begann. Sie hatte sich wie eine Verrückte benommen. Nun wollte sie nur noch eines: davonlaufen.

„Hanni", rief sie, „ich muß mal dringend. Hier gibt es sicher irgendwo eine Toilette. Ich bin gleich zurück."

Hanni grinste verständnisvoll.

„Tu, was du nicht lassen kannst."

Die Kassiererin, die zugehört hatte, lächelte.

„Die Toilette ist im zweiten Stock", sagte sie, und Trix bedankte sich.

Endlich war Hanni an der Reihe. Sie bezahlte. Als sie auf

„Du hast gestohlen!" sagte der Mann zu Hanni

Trix wartete, trat ein Herr im grauen Anzug auf sie zu, den sie bisher nicht bemerkt hatte.

„Du hast gestohlen", sagte er. „Du hast nur einen Teil deiner Einkäufe bezahlt, und dies ...", er zog die Shorts und das Stirnband aus dem Korb, „... hast du absichtlich vergessen."

Hanni starrte ihn verblüfft an. Sie begriff nicht. Sie hatte nicht geklaut.

„Entschuldigen Sie, ich weiß nicht, was Sie meinen. Ich habe alles bezahlt."

„Und was soll das sein?" Er deutete auf die Sportsachen in seiner Hand.

„Ich weiß es nicht", murmelte Hanni. „Ich habe diese Dinge nicht genommen. Ich habe sie nur angeschaut und gefunden, daß sie mir zu teuer waren."

Der Mann lächelte spöttisch.

„Damit sagst du sicher die Wahrheit", antwortete er. „Die Dinge waren dir zu teuer. Deshalb hast du sie gestohlen."

Hanni schluckte. Dieser Kaufhausdirektor oder wer er nun war, glaubte im Ernst, sie hätte klauen wollen. Von seinem Standpunkt aus hatte er sogar recht. Die Sachen in ihrer Tasche waren nicht bezahlt. Bloß, um Himmels willen, wie waren sie da hineingekommen? Hanni fühlte, wie ihr heiß wurde. Sie hatte nichts Unrechtes getan und kein schlechtes Gewissen, doch sie spürte, wie eine unbestimmte Angst in ihr aufstieg. Wenn sie an einige Krimis dachte, die sie gesehen hatte... da waren auch Unschuldige verdächtigt worden, und sie hatten es nicht leicht, zu beweisen, daß sie das Verbrechen nicht begangen hatten, das man ihnen vorwarf. Einige landeten sogar erst einmal im Gefängnis. Hannis Angst wurde stärker. Sie hatte nicht gestohlen. Aber die Sachen waren in ihrer Tasche gewesen. Wie sollte sie beweisen, daß jemand anders sie hineingetan haben mußte? Und wer? Ein fremder Kaufhausdieb natürlich. Er war bestimmt weggelaufen. Ob der Direktor sie ins Gefängnis bringen würde?

„Ich habe nicht gestohlen, bitte, glauben Sie mir", rief Hanni laut. Ein paar Leute hörten neugierig zu. Sie fanden es spannend, mitzuerleben, wie ein Dieb entlarvt wurde. Allerdings sah dieses Mädchen nicht so aus, wie man sich eine Diebin vorstellt. Hübsch, nett, sympathisch, ordentlich angezogen.

Das gleiche dachte der Geschäftsführer von Obermüller. Ein nettes, sympathisches Mädchen, ein Mädchen, dem man nie zutrauen würde, daß sie stiehlt. Er seufzte, allerdings leise, niemand hörte es. Er hatte so viele nette Mädchen in seinem Büro gehabt, die stahlen wie die Raben. Mädchen, die es nicht nötig hatten, die es zum Spaß taten, als Mutprobe oder weil sie auf nichts verzichten konnten, das ihnen gefiel. Mädchen, denen auch das üppigste Taschengeld nicht reichte. Oder Mädchen, die krank waren, denen etwas anderes fehlte als das, was sie im Kaufhaus stehlen konnten.

Die Schar der Neugierigen vergrößerte sich. Herr Müller nahm Hanni am Arm, fest, aber ohne Polizeigriff.

„Nein", sagte er, „ich glaube dir nicht. Ich habe den Beweis in der Hand, und ich habe dich an der Kasse beobachtet. Doch ich meine, wir unterhalten uns über dieses Angelegenheit lieber in meinem Büro."

Hanni stieg das Blut in die Wangen.

„Nein, bitte nicht. Glauben Sie mir. Und wenn Sie mir nicht glauben wollen, dann komme ich am Montag wieder. Ich bin aus Lindenhof. Wir spielen heute nachmittag

Handball gegen eine auswärtige Schule. Ich bin in der Mannschaft. Ich muß zurück."

Der Mann ließ sie nicht los.

„Euer Handballspiel interessiert mich nicht. Wenn es dir so wichtig war, hättest du nicht stehlen sollen."

Hanni erinnerte sich an Trix. Die wartete sicher draußen und wunderte sich.

„Meine Mitschülerin wartet auf mich", sagte sie, aber sie hatte nicht mehr viel Hoffnung, daß es etwas nützen würde. „Sie war auf der Toilette..."

„Hör auf mit den Ausreden", meinte Herr Müller.

Sie fuhren hinauf in den obersten Stock. Hier waren die Büros der Geschäftsleitung. Hanni durfte sich auf einen Plastikstuhl setzen, Herr Müller nahm hinter dem Schreibtisch Platz.

„Und nun erzähl mir, *warum* du es getan hast", sagte er. Es klang eigentlich ganz freundlich.

Hanni schwieg. In ihrem Kopf drehte sich alles. Vielleicht spürte sie noch die Wirkung der Spritze von Dr. Mühlhofer, jedenfalls konnte sie kaum klar denken. Sie wiederholte nur: „Ich habe nicht gestohlen. Ich wollte nicht klauen. Bitte glauben Sie mir und lassen Sie mich gehen."

Herr Müller spielte mit einem Radiergummi.

„Wie heißt du, und wie alt bist du?" fragte er.

Hanni sagte es ihm.

Herr Müller legte den Radiergummi dahin zurück, wo er hingehörte. Er war ein ordentlicher Mann.

„Ich werde dich nicht bei der Polizei anzeigen", fuhr er fort. „Du bist noch ein Kind. Außerdem war es das erste Mal, daß wir dich hier erwischt haben."

„Aber...", wollte Hanni sich wehren.

Er schnitt ihr das Wort ab.

„Ich werde dich gehen lassen. Aber ich werde mich mit der Direktorin von Lindenhof in Verbindung setzen. Und selbstverständlich hast du bei uns in Zukunft Hausverbot. Laß dich nicht noch einmal hier sehen."

„Aber..." fing Hanni wieder an. Diesmal ließ sie sich nicht unterbrechen. Zu Verwirrung und Angst kam jetzt so etwas wie Wut.

Dieser Mann behandelte sie ungerecht. Sie hob den Kopf. „Ich habe die Sachen nicht stehlen wollen", sagte sie. „Wie sie in meine Tasche gekommen sind, weiß ich nicht. Bitte rufen sie Fräulein Theobald nicht an. Es wäre... gemein..."

Sie wußte, sie hätte nicht „gemein" sagen sollen. Er würde sich ärgern, und sie mußte es ausbaden.

Herr Müller antwortete nicht. Er schaute Hanni an. Ziemlich lange. Sie hatte keine Ahnung, was er dachte.

Er dachte darüber nach, daß dieses Mädchen da auf dem Stuhl log, so wie viele andere vor ihr auch gelogen hatten. Vielleicht sagte sie auch die Wahrheit. Dann erinnerte er sich an einen Fall vor Jahren, der einem Freund von ihm passiert war, der ebenfalls Geschäftsführer in einem Kaufhaus war. Er hatte eine sechzehnjährige Ladendiebin gestellt, hatte sie gehen lassen, weil es nur um eine kleine Summe ging und hatte ihrem Lehrherrn von dem Diebstahl Mitteilung gemacht. Am Tag darauf hatte sich das Mädchen vor einen Zug geworfen. Niemand hatte jemals herausfinden können, ob sie nun gestohlen hatte oder unschuldig war.

Herr Müller strich sich über die Stirn. Was sollte er tun? Hannis Augen waren groß und starr auf ihn gerichtet. Plötzlich entschloß er sich. Er wollte die Verantwortung nicht auf sich nehmen, daß diese Kleine hier tatsächlich unschuldig war, daß jemand anders ihr die Sachen in die Tasche praktiziert hatte, als er sich beobachtet fühlte.

„Gut, Hanni", sagte er. „Ich kann dir nicht glauben, alles spricht gegen dich. Aber du hast mir dein Wort gegeben, daß du nicht stehlen wolltest. Lassen wir die Sache also auf sich beruhen. Du kannst gehen. Und ich werde nicht mit deiner Direktorin darüber sprechen."

Hanni stand auf.

„Danke", murmelte sie. „Ich muß wohl danke sagen, ich weiß. Aber ich wiederhole es noch einmal: Ich habe nicht gestohlen und nicht stehlen wollen. Irgend etwas ist passiert... nur, ich kann nichts dafür."

Herr Müller öffnete die Tür.

„Geh jetzt, Hanni."

Sie wollte nicht auf den Lift warten, rannte die Treppe hinunter, rannte zum Fahrradständer. Es war Viertel nach eins. Trix war nicht mehr da. Hanni radelte wie eine Verrückte durch den Ort. Auf der Landstraße wurde es mühsamer, es ging bergauf. Hanni hatte zwar keine Zahnschmerzen mehr, aber sie fühlte sich schlechter als heute morgen. Sie wußte, daß dieser Herr Müller sie nur hatte gehen lassen, weil sie noch nicht vierzehn war, weil die „gestohlenen" Sachen keine dreißig Mark wert waren, und vielleicht deshalb, weil er freundlich sein wollte. Sie war froh, daß sie noch zum Spiel zurechtkommen würde. Und sie haßte ihn, weil er ihr nicht glaubte.

Warum waren die Sachen in ihrer Tasche gewesen? Warum? Warum? Hanni zerbrach sich den Kopf und fand keine Antwort. Nach der St.-Anna-Kapelle fing sie an zu weinen. Drei Kurven später passierte es. Eine Ölspur auf der Straße... und Hanni hatte nicht aufgepaßt. Sie kam ins

Drei Kurven weiter passierte es: Hanni hatte nicht aufgepaßt

Rutschen, glitt aus, konnte sich nicht mehr fangen. Sie fiel irgendwohin, schlug mit dem Kopf auf einen Stein auf, der in der Wiese lag.

Drei Minuten später kam Familie Blüm vorbei. Sie machten wie jeden Sommer in einer kleinen Pension hier in der Gegend Urlaub. Heute unternahmen sie einen Ausflug. Sohn Rudi saß auf dem Rücksitz und wußte wie immer alles besser. Während sie darüber diskutierten, wo sie zum Mittagessen einkehren sollten, sah Herr Blüm das Fahrrad auf der Straße liegen. Er trat hart auf die Bremse. Dann bemerkte er das Mädchen.

„Du lieber Himmel!“ rief Herr Blüm.

Er sprang aus dem Wagen, seine Frau und Rudi folgten ihm. Rudi hatte vor ein paar Wochen einen Erste-Hilfe-Kursus gemacht und dachte als einziger daran, den Verbandskasten aus dem Kofferraum zu holen. Hanni war bewußtlos, sie blutete ein bißchen aus einer Schramme an der Schläfe.

„Wir müssen sie umdrehen“, sagte Rudi eifrig und wiederholte bei sich, was er gelernt hatte. Das Mädchen tat ihm leid, natürlich, aber irgendwie war er froh, seine Kenntnisse anwenden zu können. „Wir müssen sie in die stabile Seitenlage bringen, Vati. Vielleicht hat sie sich erbrochen und erstickt."

Herr Blüm erschrak. Sein Sohn imponierte ihm. Er schien mit seinen achtzehn Jahren genau zu wissen, was zu tun war. Sie legten Hanni auf die Seite, mit dem Gesicht schräg nach unten. Die Schramme sah nicht schlimm aus, fanden die Blüms. Hauptsache, die Kleine wachte bald wieder auf.

Herr Blüm tätschelte Hannis Wange, schlug dann etwas fester; sie rührte sich nicht. Vielleicht würde kaltes Wasser sie munter machen, überlegte er. Etwas Derartiges gab es zwar weit und breit nicht, aber Mutti hatte doch...

„Elfriede, hol bitte die Limo", sagte er.

Ganz sanft goß er dann der ohnmächtigen Hanni etwas Zitronenlimonade aus der Thermosflasche ins Gesicht. Diese Therapie gehörte zwar nicht zum Erste-Hilfe-Programm des Roten Kreuzes, doch sie wirkte. Hanni hob den Kopf, sie schüttelte sich und spuckte. Dann richtete sie sich auf.

„Was...? Ich meine..."

Sie begriff nicht, warum sie hier lag und mit Zitronenlimonade beträufelt wurde.

„Du bist mit dem Rad gestürzt, hast dich verletzt und warst bewußtlos", erklärte Herr Blüm freundlich und ungeheuer erleichtert.

„Verletzt?"

Hanni betastete ihre Stirn, es tat weh, und die Hand war blutig, als sie sie anschaute. Langsam kam die Erinnerung zurück. Sie lächelte mühsam. Es war nicht gerade ein fröhliches Lächeln, dazu bestand kein Anlaß. Aber immerhin gewann ihr Humor wieder die Oberhand.

„Da gibt es so einen blöden Spruch“, sagte sie. „Aller guten Dinge sind drei. Scheint zu stimmen. Erst die Zahnschmerzen. Dann die eklige Sache im Kaufhaus. Und nun das noch.“

Rudi achtete nicht auf das Gespräch. Er war beinahe ein bißchen enttäuscht, daß sein Vater die bewußtlose Radlerin mit Zitronenlimonade so rasch wieder ins Leben zurückgerufen hatte. Er hatte sich schon ausgemalt, wie er sie im Notfall mit Mund-zu-Mund-Beatmung retten würde. Wenn dann der Notarzt kam – den würde Mutti holen – wäre er der Held des Tages. Sicher würde in einem solchen Fall die Zeitung eine Notiz bringen. Vielleicht sogar mit Foto...

Hanni lächelte die drei Blüms an, die sie umstanden.

„Herzlichen Dank“, sagte sie. „Sie waren schrecklich nett zu mir. Jetzt muß ich mich aber beeilen.“

Sie stand auf, ein bißchen unsicher, aber es ging. Sie bückte sich nach ihrem Rad.

Herr Blüm hielt sie zurück.

„Nein“, erklärte er, „das kommt nicht in Frage. Wir haben dich bewußtlos gefunden. Vielleicht hätten wir sofort einen Arzt alarmieren sollen. Jedenfalls kannst du dich nicht aufs Rad setzen.“

„Doch“, meinte Hanni, „kann ich, kein Problem. Es geht prima. Machen Sie sich bloß keine Sorgen.“

„Nein“, sagte Herr Blüm energisch.

„Hätten Sie Lust, mit nach Lindenhof zu fahren? Wir haben heute ein Handballspiel. Vielleicht mögen Sie zuschauen. Unsere Direktorin würde sich bestimmt freuen.“

„Vielen Dank für die Einladung. Euer Spiel ist sicher interessant, aber wir wollen weiter. Und dich bringen wir ins Krankenhaus. Sei nicht böse. Möglicherweise hast du eine Gehirnerschütterung, und wir wissen es nicht. Der Arzt wird entscheiden, ob du zu deinem Handballspiel fahren kannst oder nicht."

„Ich brauche keinen Arzt", beharrte Hanni. „Ich bin okay."

Herr Blüm blieb fest.

„Doch, Mädchen", sagte er, „du brauchst einen Arzt. Ich kann dich nicht fahren lassen, auch wenn du es noch so gern möchtest. Du mußt mich verstehen. Wenn dir an der nächsten Ecke etwas passiert – vielleicht etwas Schlimmeres als vorhin –, dann ist das nicht nur traurig für dich. Man wird auch mir Vorwürfe machen. Ich kann es nicht verantworten. Wir bringen dich ins Krankenhaus. Vielleicht ist alles in Ordnung, und du bist in einer halben Stunde zu Hause. Bitte sei vernünftig, Mädchen."

Er wußte ihren Namen immer noch nicht.

Hanni nickte. Sie mußte zugeben, daß der fremde Mann recht hatte. Er war nett, und er hatte ihr geholfen. Sie durfte ihm keine Schwierigkeiten machen. Auch wenn es noch so bitter war. Sie hätte gern gespielt. Sie hatte sich darauf gefreut, und sie war sicher: ein Tor oder vielleicht auch zwei hätte sie zustande gebracht. Es sollte wohl nicht sein. Dann würde also Trix an ihrer Stelle spielen. Sie hatte sicher lange vor dem Kaufhaus auf Hanni gewartet und nicht begriffen, warum sie verschwunden war. Dann war sie nach Lindenhof geradelt. Hoffentlich hatte sie keine Suchaktion in Gang gebracht.

„Also gut", nickte Hanni.

Wenn Herr Blüm darauf bestand, würde sie mit ihm ins Krankenhaus fahren. Dieser Tag hatte es wirklich in sich.

Blüms brachten Hanni in den Warteraum der Ambulanz

und erklärten dem diensthabenden Arzt, was geschehen war. Dann verabschiedeten sie sich von Hanni. Rudi war ein bißchen enttäuscht. Keine Lebensrettung, dafür ein verspätetes Mittagessen. Und er hatte seinen Namen schon in der Zeitung gesehen.

Während Hanni wartete, bat sie die Sekretärin, in Lindenhof Bescheid zu sagen, warum sie noch nicht da war; daß sie später käme, daß Trix sie vertreten sollte und daß beinahe gar nichts passiert wäre. Die Dame versprach es. Leider war Fräulein Theobald nicht in ihrem Zimmer, als das Telefon läutete. Die Sekretärin versuchte es noch einmal, wieder vergeblich. Dann hatte sie Wichtigeres zu tun.

Die Untersuchung ergab, daß Hanni wirklich nur die Schramme hatte, keine Gehirnerschütterung.

„Glück im Unglück", meinte der nette Arzt, der sie verpflasterte.

„Und ein harter Schädel", fügte die Schwester hinzu.

Sie lachten alle drei.

Als alles erledigt war, verlangte der Arzt, Hanni sollte das Rad, das Blüms im Kofferraum mitgenommen hatten, dalassen und ein Taxi nehmen. Er wies den Pförtner an, eines zu bestellen und es auch zu bezahlen. Die Kosten würden mit auf die Rechnung gesetzt.

Ein Spiel mit Hindernissen

Ganz Lindenhof, Nanni eingeschlossen, ahnte nichts von Hannis Problemen und ihrem Unfall. Kurz vor eins kamen die Mädchen aus Steinberg an. Es gab ein Riesenhallo. Man redete, kicherte, aß gemeinsam den „schnellen Handballeintopf", wie die Hausmutter ihr Gericht nannte. Auch wenn es nur ein „schneller Eintopf" war, er schmeckte gut. Als die Spielerinnen sich umzogen und die Zuschauer es sich auf dem Rasen bequem machten, fiel Nanni auf, daß ihre Schwester noch nicht vom Zahnarzt zurück war. Daß Hanni nicht unbedingt zum Essen erscheinen mußte, wußte sie. Aber jetzt wurde es höchste Zeit.

Du lieber Himmel, was war los? überlegte Nanni. Wenn die Zahngeschichte so schlimm gewesen wäre, daß Hanni nicht hätte spielen können, hätte Dr. Mühlhofer angerufen, und Fräulein Theobald hätte ihnen Bescheid gesagt. Warum war Hanni also nicht da?

Nanni fing an sich aufzuregen. Es sah ihrer Schwester nicht ähnlich, ein Wettspiel einfach zu vergessen, nur weil ihr irgend etwas anderes einfiel. Sie hatte Trix vorhin vorbeigehen sehen. Sollte sie sich bei ihr erkundigen? Oder lieber zu Fräulein Theobald gehen? Nanni konnte sich nicht entscheiden.

Sie hörte, wie Marianne aus dem Umkleideraum rief: „Wo ist den Hanni? So was von unpünktlich... Die kriegt was von mir aufs Dach!"

Nanni schrie zurück: „Gleich kommt sie!"

Danach fragte sie sich, warum sie das getan hatte. Sie wußte nicht einmal, wo sich Hanni gerade befand, viel weniger, ob sie wirklich „gleich" auftauchen würde.

Dann sah sie Marianne mit Trix neben dem Spielfeld stehen. Marianne schaute auf ihre Armbanduhr.

„In fünf Minuten geht's los", sagte sie. „Wo ist Hanni denn?"

„Ich weiß es nicht", erklärte Trix. „Ich hab auf sie vor dem Kaufhaus gewartet. Sie kam nicht. Dann bin ich zurückgefahren."

Marianne wurde nervös.

„Zieh dich um", meinte sie schließlich. „Du spielst für Hanni."

Trix rannte ins Haus zurück.

Die beiden hatten Nanni nicht gesehen. Nanni blieb stehen. Was sollte sie jetzt tun? In ihrem Kopf wirbelte es durcheinander. Wie konnte sie ihrer Schwester helfen? Was für eine Hilfe brauchte Hanni überhaupt? Mußte man nach ihr suchen? Oder wäre es besser...

Nanni fühlte, wie aufgeregte Schmetterlinge in ihrem Bauch kribbelten. Sie kannte das. Es bedeutete: Alarmstufe zwei. Plötzlich wußte sie die Lösung des Problems. Sie würde Hannis Verschwinden erst nach dem Wettspiel melden. Der Schwester konnte nichts geschehen sein, das hätte Trix nicht verschwiegen. Also hatte sie irgendeinen Blödsinn gemacht, der später ausgebügelt werden mußte. Jetzt sollte Hanni spielen. Hanni. Nicht Trix.

Nanni rannte los. Sie hatte nicht viel Zeit.

In ihrem Zimmer angelangt, überlegte sie, was Hanni heute früh angehabt hatte. Jeans ganz bestimmt. Aber was für ein T-Shirt? Nanni glaubte, daß es ein rotes war. Hastig riß sie die Schranktür auf, nahm ein rotes T-Shirt heraus, schlüpfte hinein. Dann zerrte sie den Kamm aus ihren Locken. Sie hatte sich die Haare hochgesteckt, weil ihr zu warm geworden war. Hanni hatte die Haare heute morgen offen getragen. Als Nanni die Treppe hinunterlief, begegnete ihr Marianne.

„Menschenskind, spinnst du", fauchte die. „Wir haben dich überall gesucht. Das Spiel fängt gleich an. Ich hatte schon Trix als Ersatz für dich eingeteilt, weil niemand dich finden konnte. Nanni sagte, du kämst gleich, aber das war vor zehn Minuten. Lauf runter und sag Trix Bescheid, daß sie die Klamotten wieder auszieht. Und beeil dich!"

Diesmal störte sich Nanni nicht an Mariannes ruppigem Ton, über den sie sich sonst manchmal ärgerte. Im Gegenteil, sie war froh darüber, daß sie kaum Gelegenheit zu einer Antwort gehabt hätte.

„Okay", nickte sie nur. „Ich renne. Und... tut mir leid."

Sie traf Trix vor dem Umkleideraum, fertig zum Spiel, aufgeregt und strahlend. Als sie Hanni-Nanni sah, erschrak sie.

„Du?"

„Entschuldige, daß ich so spät dran bin", murmelte Nanni. „Aber jetzt hab ich es gerade noch geschafft."

Trix drehte sich um und ging.

Als Nanni auf dem Spielfeld erschien, gab Fräulein Tillmann den Anpfiff. Nanni hatte sich, im Gegensatz zu ihrer Schwester, in den letzten Monaten nicht sehr für Handball interessiert. Jetzt wollte sie alles andere vergessen. Sie mußte für Hanni spielen. Nein, nicht nur für sie spielen. Sie mußte versuchen, zwei Halbzeiten lang Hanni zu sein. Sie würde beweisen, daß Hanni so gut spielte wie immer. Vielleicht noch ein bißchen besser als sonst.

Die Mädchen von Steinberg waren nicht nur gut, sie waren Spitze. Sie übernahmen von Anfang an die Führung. Die Lindenhofer Junioren taten sich schwer. Glücklicherweise war Sabine aus der Vierten eine tolle Torfrau. Sie ließ keinen Ball durch. Das heißt, fast keinen. Schließlich kam es zum 1:0 für die Gäste. Sabine konnte den Ball einfach nicht halten. Schade. Nanni keuchte ein bißchen. Sie war gerannt und gerannt und hatte nichts erreicht. Verflixt noch mal, dachte sie und leckte sich einen Schweißtropfen von der Nasenspitze. Warum spielt Hanni nicht selber! Sie hat seit Wochen trainiert und ich nicht.

Während Nanni als Hanni und die anderen sich abstrampelten, saß Trix auf ihrem Bett und heulte wieder einmal. Sie hatte sich gemein benommen, alles kaputtgemacht und nichts gewonnen.

Als Hanni Lindenhof erreichte, war Halbzeitpause. Als sie in der Nähe des Spielfeldes auftauchte, hörte sie den Anpfiff zur zweiten Runde. Sie hatte es nicht eilig. Die Schramme an der Schläfe brannte nun doch, außerdem beschäftigte sie der Verdacht, gestohlen zu haben, immer noch. Was sollte sie beim Spiel? Trix vertrat sie... und sicher gut. Sie gönnte ihr den Erfolg sogar. Doch sie hatte keinen Grund, besonders vergnügt zu sein.

Elli kam vorbei, sie bremste ihr Tempo ab und rief Hanni zu: „Mensch, Nanni, du bist vielleicht 'ne Zwillingshälfte! Trottelst hier im Grünen herum, während Hanni sich die Seele aus dem Leib keucht! Die Steinbergerinnen sind viel stärker als wir dachten. Sie haben ein Tor und wir keins... oh!" Jetzt erst bemerkte sie den Verband, „Du hast dir wehgetan? Ist doch nicht schlimm, oder?"

Hanni sagte, nein, es wäre nicht schlimm. Elli hörte kaum zu und lief weiter. Hanni schaute ihr nach und wunderte sich. Im allgemeinen gehörte Elli zu denen, die die Zwillinge auseinanderhalten konnten. Warum hatte sie sie Nanni genannt? Bloß, weil es ihr eilte? Möglich. Hanni rieb ihren Verband, den es juckte darunter. Quatsch, dachte sie plötzlich. Wenn Elli sie Nanni nannte und erzählte, Hanni würde spielen, dann spielte sie. Elli war nicht blind. Und da sie selbst hier stand, mußte es Nanni sein, die an ihrer Stelle spielte. Nanni. Nicht Trix. So war das!

Hanni lächelte. Liebe Nanni! Es war schon toll, ein Zwilling zu sein und eine Schwester wie Nanni zu haben. Sie wollte hinübergehen und zuschauen, wie tapfer sich Nanni schlug. Aber dann überlegte sie es sich anders. Wenn Nanni sie bemerkte, würde sie nervös werden. Sie mußte warten, bis das Spiel zu Ende war.

In der zweiten Spielzeit kämpfte Nanni noch härter als zuvor. Sie wollte Hanni würdig vertreten, und sie wollte,

Nanni erwischte den Ball von Lucie gerade noch

daß Lindenhof gewann. Doch, wo um alles in der Welt war Hanni?

Sie hatte nicht viel Zeit, sich Sorgen zu machen, denn die Steinberger Mädchen schossen scharf. 2:0! Brigitte aus der Zweiten schaffte das 2:1, Lucie den Ausgleich zum 2:2. Dann ein Tor von Katrin, 3:2 für Lindenhof. Die Zuschauer jubelten. Nicht lange. Die schwarze Amerikanerin der Steinberger Mannschaft mit den unendlichen Beinen und

dem Kraushaar holte auf. Noch fünf Minuten. Nanni war erschöpft. Und enttäuscht. Hatte sie einen Fehler gemacht, als sie für ihre Schwester spielen wollte? Sie war eben nicht gut genug. Und nun würde es heißen, Hanni hätte versagt.

Da kam ein Ball von Lucie. Nanni erwischte ihn gerade noch. So ein Glück. Noch mehr Glück – sie stand günstig vor dem gegnerischen Tor. Sie biß die Zähne zusammen, konzentrierte sich und warf.

Als die anderen „Hanni, Hanni“, brüllten, wußte Nanni, daß sie getroffen hatte. Sie atmete tief aus. Na also, Zwilling, dachte sie und grinste erleichtert, hab ich deine Ehre doch noch gerettet...

Drei Minuten später pfiff Fräulein Tillmann das Spiel ab. Lindenhof hatte gewonnen. Die Mädchen umarmten sich, erst innerhalb der Mannschaft, dann kreuz und quer. Sieg oder Niederlage – das war schließlich kein Grund, sich nicht zu mögen.

Während Fräulein Theobald und die anderen Lehrerinnen den Spielerinnen gratulierten, ging die Hausmutter in die Küche. Dort standen Sekt und Johannisbeersaft im Kühlschrank. Der Pokal mußte gefüllt werden.

Die Mischung schäumte, die Lindenhofer Mädchen ließen den Pokal reihum wandern, jede trank einen Schluck. Es schmeckte besser als purer Champagner. Nanni wurde vor lauter Begeisterung beinahe erdrückt. Sie wußte, daß es nicht ganz gerecht war; Katrin, Brigitte und Lucie hatten ebenfalls jede ein Tor geworfen. Aber ihres war eben das entscheidende gewesen, das Tor, das zum knappen Sieg führte.

„Hanni, Hanni“, riefen alle. „Du warst wieder mal große Klasse!“

Nanni freute sich natürlich. Sie freute sich doppelt. Einmal, weil sie ihr Ziel erreicht hatte: den Erfolg für die abwesende Schwester. Aber es war auch ein angenehmes Gefühl zu wissen, daß man sich gut gehalten hatte. Niemand hätte sie in die Mannschaft gewählt, nicht einmal sie selbst. Und nun hatte sie zum Sieg beigetragen. Doch in ihr Wohlbehagen mischte sich Angst. Wo war Hanni? Vielleicht war ihr tatsächlich etwas zugestoßen? Und sie blöde Gans hatte nur daran gedacht, daß ihr Zwilling erfolgreich Handball spielen sollte und damit eine möglicherweise notwendige Suchaktion verzögert.

Ich muß sofort zu Fräulein Theobald, dachte Nanni.

In diesem Moment umarmte Carlotta sie. Viel heftiger und gründlicher, als die anderen es getan hatten. Sie flüsterte: „Sag bloß, was war mit Hanni los? Warum hast du für sie gespielt?“

Nanni starrte sie an. Carlotta hatte als einzige den Schwindel erkannt. Nanni machte sich los.

„Hanni ist verschwunden“, murmelte sie. „Ich hab keine Ahnung, wo sie ist...“

Sie rannte ins Haus zu Fräulein Theobald.

Zur gleichen Zeit setzte die Hausmutter mit ihren Helferinnen Teewasser auf, die Mädchen aus dem Kochkurs stellten Teller mit Plätzchen auf die Tische. Vor dem Abendbüfett gab es einen kleinen Imbiß. Die Lindenhoferinnen und ihre Gäste sollten sich erst mal entspannen, miteinander reden und etwas Süßes essen, bevor das Festmahl startete.

Ebenfalls zur gleichen Zeit fing Trix an, sich ernsthaft zu schämen. Und Hanni, die sich unter die Blutbuche gesetzt hatte, fand, sie könnte nun auftauchen. Sie war unheimlich stolz auf Nanni. Schließlich hatte sie das „Hanni“-Geschrei gehört und wußte, daß es ihrem Zwilling galt. Nebenbei fing Hanni aber auch an, sich über Trix zu ärgern. Bisher hatte sie nicht darüber nachgedacht, aber nun fiel ihr ein, daß die Neue sich nicht gerade kameradschaftlich verhalten hatte. Sicher, sie mußte es eigenartig finden, daß Hanni nicht zum Radständer kam wie vereinbart. Doch war das ein Grund, einfach abzuhauen und sie im Stich zu lassen? Sie hätte nach ihr suchen müssen! Mal an der Kasse fragen, wohin ihre Freundin verschwunden war. Dann hätte man ihr vermutlich die Diebstahlgeschichte erzählt. Herr Müller hatte ja laut genug gesprochen. Nein, dachte Hanni, Trix hatte sich nicht wie eine Freundin verhalten. Sondern... ja, plötzlich wurde es ihr klar. Sondern wie eine, die bereit ist, jede Chance zu nützen, um anstelle der anderen ihren Platz in der Handballmannschaft einzunehmen.

„Ehrgeiz kann auch eine Krankheit werden", murmelte Hanni vor sich hin. Sie stand auf und ging ins Haus. Auf der Freitreppe traf sie mit Nanni zusammen, die auf dem Weg zu Fräulein Theobald war.

„Da bist du ja!" keuchte Nanni überrascht und erleichtert. Dann sah sie den Verband und prallte zurück. „Du, was...?"

Hanni lachte.

„Nimm den vierten Gang raus, Zwilling! War halb so schlimm. Nur ein blöder Stein, der genau da lag, wo ich mein Haupt zur Ruhe betten wollte, als ich vom Rad geknallt bin."

Nanni faßte sich rasch. Schrammen an Armen und Beinen und auch mal am Kopf gehörten zum Leben der Zwillinge. Wenn sonst alles in Ordnung war, gab es keinen Grund, sich darüber aufzuregen.

„Ist das Hirn noch ganz?“ fragte Nanni.

Hanni nickte.

„Gott sei Dank!“ Dann fing Nanni an zu flüstern. „Trix kam und sagte, sie hätte dich bei Obermüller verloren und...“

Hanni unterbrach sie.

„Ich weiß. Du hast für mich gespielt. Ich bin schon eine Weile hier, aber ich wollte vorhin nicht reinplatzen. Du bist anscheinend super gewesen.“

Nanni lächelte.

„Ich glaube, ich war wirklich einigermaßen gut, viel besser, als ich normalerweise bin. „Sie kicherte. „Ich habe mir dauernd gesagt, ich bin Hanni, Hanni, die beste Handballerin der Dritten, und weil ich jetzt Hanni bin, werfe ich auch ein Tor. Aber...“ sie wurde ernst, „wir können uns später unterhalten. Eigentlich hatte ich gemeint, wir sollten ganz schnell wieder die Rollen tauschen. Du ziehst dich um, dann bist du ich... nein, im Grunde bist du dann du... also, das Ganze ist schon ziemlich kompliziert. Bloß, mit dem Verband – wie machen wir das?“

„Wir machen gar nichts“, erklärte Hanni. „Erstens kann ich den Verband nicht weghexen. Zweitens denke ich nicht daran, mich den ganzen Abend lang für dich loben zu lassen. Wir gehen jetzt zu den anderen und sagen ihnen die Wahrheit. Wenn die Theobaldine wirklich böse ist, weil du ein bißchen gemogelt hast, dann werden wir's überleben. Aber ich glaube es nicht. Sie hat einen Draht für alles, was wichtig ist. Wenn du ihr erklärst, warum du Hanni gespielt hast, versteht sie es.“

Inzwischen hatten die Mitschülerinnen bemerkt, daß die Zwillinge offensichtlich Probleme miteinander besprachen. Dann fiel ihnen ein, daß sie Nanni den ganzen Nachmittag nicht gesehen hatten, und schließlich rief Jenni: „Nanni hat ja einen Verband am Kopf!"

Große Aufregung. Man drängte sich um die Zwillinge. Hanni erzählte. Allerdings fing sie mit dem Ende an, berichtete nur von ihrem Unfall mit dem Rad. Mittendrin, als sie gerade die Ölspur schilderte, auf der sie ausgerutscht war, unterbrach sie sich.

„Könnte mir mal jemand ein Plätzchen geben", bat sie. „Ich sterbe vor Hunger. Das Frühstück hat mein Zahn mir vermiest. Mittagessen wollte ich nicht, nach der Spritze vom Mühlhofer-Doktor hatte ich ein Gesicht wie drei Teddybären auf einmal, und seitdem..."

Von allen Seiten wurden ihr Teller mit Plätzchen gereicht. Hanni mampfte. Der plombierte Zahn verhielt sich tadellos, er war sozusagen überhaupt nicht da. Sie spürte nichts mehr. Dr. Mühlhofer hatte gute Arbeit geleistet.

Als Hanni satt war, erzählte sie den Rest ihrer Geschichte. Sie war froh, daß die Lehrerinnen sich mit den beiden Sportlehrerinnen aus Steinberg im Speisesaal an einen Ecktisch gesetzt hatten. So hörten sie nicht, was auf der Treppe gesprochen wurde.

Hanni wollte erst einmal ihre Mitschülerinnen fragen, was sie tun sollte.

„Das Schlimme ist", sagte Hanni zum Schluß, „ich habe keine Ahnung, wie die Shorts und das Stirnband in meine Tasche gekommen sind. Aber sie waren drin. Vermutlich hat ein ganz raffinierter Dieb, der sich beobachtet fühlte, sie reingesteckt. Leider hat ihn in Wirklichkeit niemand gesehen. Im Grunde darf ich dem Müller vom Obermüller nicht mal böse sein. Er *mußte* ja denken, ich hätte... aber ihr glaubt mir doch? fragte sie und wurde auf einmal ernst.

Die Mädchen nickten. Die meisten wollten Hanni zeigen, daß sie ihr vertrauten. Sie umarmten sie. Dabei wurde Tee auf verschiedene Turnhosen geschüttet, eine Tasse ging zu Bruch, doch das störte niemanden. Alle waren sich einig, daß die Zwillinge für jede Art von Streichen gut waren, manchmal auch für dumme. Aber klauen... niemals.

„Danke“, sagte Hanni und nahm das letzte Plätzchen vom Teller. Wenn die Geschichte ihr auch an die Nieren ging, den Appetit nahm sie ihr nicht.

Auf einmal fiel ihr ein, daß Trix nicht da war.

„Wo ist eigentlich Trix?“ fragte sie.

Niemand hatte sie gesehen. Nur Bobby wußte Bescheid.

„Sie liegt mit Kopfschmerzen im Bett. Ich war vorhin in unserem Zimmer. Sie sagte, sie käme nicht zum Essen, und ich sollte ihr etwas bringen. Es wäre schon okay.“

Hannis halb vergessener Ärger wurde wieder wach.

„So, Trix hat Kopfschmerzen und läßt sich bedienen! Heute mittag, als mir die Sache beim Obermüller passiert ist, war sie auf der Toilette. Klar kann sie nichts dafür. Aber sie hätte ein bißchen länger warten und sich darum kümmern sollen, warum ich plötzlich verschwunden war. Sie hatte es sehr eilig, Marianne davon zu überzeugen, daß sie für mich spielen muß.“

Die Freundinnen nickten.

Nein, die ganz feine Art war das nicht gewesen.

Niemandem fiel auf, daß Nanni still wurde. Niemand wußte, was sie dachte. Sie wußte selbst nicht recht, ob sie das denken durfte, was sie einfach denken mußte. Es war wie ein Puzzle-Spiel. Die Stücke fügten sich zusammen. Nur war das Bild, das aus ihnen entstand, ein häßliches

Bild. Sie konnte jetzt nicht darüber reden, nicht vor der ganzen Klasse und den anderen Mädchen, die herumstanden. Sie würde nachher mit Hanni allein über ihre Vermutung – nein, es war mehr, es war ein Verdacht – sprechen. Dann mußten sie entscheiden, was sie tun sollten.

Vorläufig kam erst einmal Marianne und lachte sich halb tot über das Spiel mit den vertauschten Zwillingen. Sie war nicht im geringsten beleidigt, daß Nanni sie reingelegt hatte.

„Ihr haltet toll zusammen", rief sie bewundernd. „Und außerdem, Nanni, wenn du dich anstrengst, spielst du prima. Wenn du so weitermachst..."

Nanni winkte ab.

„Nett von dir. Aber im Augenblick interessiert mich unser Schwimmbecken mehr."

Carlotta grinste im Hintergrund.

Irgendwann entdeckte auch Fräulein Theobald, daß Nanni einen Verband trug. Die Zwillinge klärten alles auf, und die Direktorin lächelte über den Schwindel beim Handballspiel. Im allgemeinen schätzte sie die Verwechslungsspiele der Zwillinge nicht besonders, aber diesmal wollte sie beide Augen zudrücken. Glücklicherweise war Hanni bei ihrem Fahrradunfall nichts Ernstes passiert. Fräulein Theobald machte sich Vorwürfe, daß sie Hanni allein hatte zum Zahnarzt fahren lassen. Sie hätte sie selbst hinbringen und wieder abholen sollen. Vermutlich hatte die schmerzstillende Spritze des Arztes ihre Reaktionsfähigkeit beeinträchtigt. Nur deshalb war sie vom Rad gestürzt. Die Direktorin wußte nichts von Hannis Schwierigkeiten im Kaufhaus, davon hatte sie nichts erzählt.

Dann wurde das Büfett eröffnet. Die Hausmutter und ihre Helferinnen bekamen Sonderapplaus. Es war wirklich wie im besten Hotel. Vielleicht noch besser, denn die Hausmutter kannte den Geschmack der jungen Mädchen.

Um neun Uhr fuhren die Gäste aus Steinberg ab. Eine halbe Stunde später wurde es still in Lindenhof.

Ein Eichhörnchen zu Besuch

„Du, Hanni, schlaf nicht gleich ein", sagte Nanni, als sie sah, wie ihre Schwester sich einrollte, das Kopfkissen zu einer Wurst zusammendrehte und sich die Decke bis zu den Ohren hochzog.

„Warum nicht?" fragte Hanni schläfrig. „Es ist doch spät genug. Oder?"

„Sicher. Aber ich muß dir was erzählen."

„Jetzt?"

„Jetzt."

Hanni schob die Decke weg und richtete sich auf.

„Na schön, schieß los!" erklärte sie, nicht gerade begeistert.

„Es handelt sich um Trix", sagte Nanni. „Ich habe neulich etwas beobachtet. Ich wußte nicht, was ich davon halten sollte. Eigentlich wollte ich mit dir reden, aber dann kam das Kind dazwischen."

„Welches Kind?" fragte Hanni und gähnte.

„Die halb ertrunkene Kleine, diese Pips, damals auf dem See."

„Ach so", nickte Hanni. „Aber was hat die mit Trix zu tun?"

„Nichts", antwortete Nanni. Langsam wurde sie ungeduldig.

„Warum redest du dann über sie?“ wollte Hanni wissen, während sie ihr Kopfkissen zu einer noch perfekteren Wurst zusammendrehte.

„Ich rede doch gar nicht von ihr...“ stöhnte Nanni. „Quatsch... hör zu und drück nicht an deinem Kissen rum.“

Dann berichtete sie, was sie damals im Kaufhaus Obermüller beobachtet hatte. Hanni vergaß ihre Müdigkeit und das Kopfkissen.

„Meinst du das im Ernst?“ fragte Hanni, als Nanni mit ihrer Geschichte fertig war.

Nanni zuckte die Schultern unter ihrem blau-weiß gestreiften Nachthemd. „Ich weiß es nicht. Das heißt, ich weiß, was ich gesehen habe. Es paßt alles haargenau zusammen. Aber ob es wirklich Trix war, die dir die

„Meinst du das im Ernst?“ fragte Hanni ihren Zwilling

Sachen in die Tasche geschummelt hat... nein, das weiß ich nicht."

„Ich weiß es auch nicht", sagte Hanni. „Wenn Trix tatsächlich klaut, ist das schlimm genug. Wenn sie klaut und dafür sorgt, daß ich es ausbaden muß, bloß damit sie in der Mannschaft spielen kann... also nein! Das ist schlimm. Das schlägt dem Faß die Krone in den Pudding."

Nanni lachte nicht über die letzte Bemerkung. Ihr war nicht nach Lachen zumute.

„Was tun wir jetzt?" fragte sie.

Hanni antwortete nicht. Sie dachte nach. Sie war überhaupt nicht mehr schläfrig.

„Wir könnten zu Fräulein Theobald gehen und ihr alles erzählen", überlegte Nanni laut.

Hanni nickte.

„Ja, ich glaube, das sollte ich sowieso tun", meinte sie. „Stell dir vor, dieser Herr Müller ruft die Theobaldine doch an. Lieber sage ich ihr selber, daß er sich einbildet, ich hätte gestohlen."

Ein Eichhörnchen hüpfte von der Balkonbrüstung aufs Fensterbrett und beäugte die beiden Mädchen mit seinen Knopfaugen. Es war ein nettes Eichhörnchen und gar nicht scheu. Aber Hanni und Nanni bemerkten es nicht. Sie hatten andere Sorgen. Das Eichhörnchen hüpfte weiter.

„Wenn Fräulein Theobald erfährt, was Trix getan hat – *wenn* sie es getan hat –, dann fliegt sie", stellte Nanni fest.

„Ich will nicht, daß man sie rausschmeißt", sagte Hanni.

„Ich auch nicht", stimmte Nanni zu. „Trix könnte vielleicht ganz nett sein, wenn sie nicht diesen Tick hätte."

„Welchen Tick?"

„Ich weiß es nicht genau. Ich glaube, es hat etwas mit

ihrer Schwester zu tun. Die kann alles. Zumindest besser als Trix. Deshalb ist sie so wahnsinnig ehrgeizig. Vielleicht sind die Eltern ungerecht zu Trix. Erinnerst du dich? Sie hat mal von ihrer Schwester erzählt."

Hanni erinnerte sich nicht, aber das war nicht so wichtig.

Sie schwiegen ziemlich lange. Der Mond malte eine silberne Bahn auf Nannis Bettdecke. Im Garten miaute der Gärtnerskater. Ein Käuzchen schrie. Hanni bekam kalte Füße und wickelte sie in ihre Decke.

„Ich hätte eine Idee", sagte Nanni nach einer Weile. „Du gehst morgen nicht zur Theobaldine, sondern wir reden mit der Klasse. Und dann mit Trix. Sie muß die Wahrheit sagen. Nachher fahrt ihr beide in die Stadt und sprecht mit Herrn Müller. Wenn Trix gesteht, was sie getan hat, weiß er, daß du unschuldig bist. Du kannst wieder bei Obermüller einkaufen wie früher, ohne dich zu schämen. Wenn Trix uns verspricht, daß sie so etwas nie wieder macht, und natürlich, daß sie überhaupt nicht mehr klaut, könnte sie doch bleiben, oder?"

„Von mir aus gerne", bestätigte Hanni.

„Dann sollten wir eigentlich schlafen", schlug Nanni vor und gähnte. „Es ist elf vorbei."

Als das Eichhörnchen zurückkam, schliefen die Zwillinge. Es sprang vom Fensterbrett ins Zimmer, suchte vergeblich nach etwas, das ihm schmeckte – die Bonbons auf dem Tisch mochte es nicht, und die Haselnüsse lagen in Nannis Nachttischschublade. Das Eichhörnchen spazierte herum, dann verschwand es wieder. Die Silberspur des Mondes wanderte von Nannis Bett zum Teppich und dann hinüber zu Hanni.

Treffpunkt Kastanie

Die Klasse schäumte vor Wut, als die Mädchen erfuhren, was Trix getan hatte. Vermutlich getan, berichtigte Nanni. Es sah so aus. Aber ganz genau wußte es niemand. Ein paar meinten, so etwas ginge zu weit. Hanni sollte mit Fräulein Theobald reden, und wenn die Trix von der Schule wies, geschähe es ihr recht. Doch die meisten waren der Ansicht, man müßte mit Trix selbst reden. Wenn sie alles bereute, wenn sie verstand, wie gemein sie gewesen war, und wenn sie sich vornahm, sich zu bessern... dann war es gut.

Beim sonntäglichen Mittagessen wurde Trix von ihren Mitschülerinnen deutlich kühl behandelt. Sie wurde beinahe geschnitten. Sie spürte es natürlich und hätte sich am liebsten in ihr Bett verkrochen wie gestern. Aber das ging nicht. Zum Nachtisch gab es Vanillepudding mit Brombeeren. Trix brachte kaum ein paar Bissen hinunter. Der Kloß in ihrem Magen war zu groß, die Schmetterlinge der Angst und des Schuldbewußtseins flatterten wie verrückt. Sie bot Elli den Pudding an, aber die war schon satt. Anne aß ihn mit Vergnügen.

Nach dem Essen nahm Nanni sie beiseite. „Hör mal, Trix“, sagte sie halblaut, denn die Mädchen der anderen Klassen mußten nicht unbedingt wissen, daß es hier ein Problem gab. „Hör mal, wir haben etwas mit dir zu besprechen. Hanni vor allem. Am besten treffen wir uns jetzt gleich im Garten, ganz hinten bei der Kastanie. Da kann man ungestört reden.“

„Reden? Worüber?“ wehrte sich Trix.

„Das weißt du", antwortete Nanni.

„Nein, das weiß ich nicht", beharrte Trix, obwohl die Schmetterlinge der Angst in ihrem Magen eine Tarantella tanzten. Aber sie wollte nichts zugeben. „Wenn ihr die Absicht habt, mir vorzuwerfen, daß ich nicht endlos auf Hanni gewartet habe – bitte sehr. Ich finde das übertrieben. Ich konnte doch nicht ahnen, daß sie nachher mit dem Rad verunglückt, oder?"

„Natürlich nicht", nickte Nanni. „Darum geht es auch nicht. Nicht einmal darum, daß du dich vielleicht vorher darum hättest kümmern sollen, wohin Hanni verschwunden war. Darüber möchten wir nämlich mit dir sprechen. *Warum* Hanni dich warten ließ..."

„Also..." fing Trix an.

Nanni unterbrach sie.

„In fünf Minuten bei der Kastanie!"

Trix nickte. „Gut. Ich komme."

Als Trix erschien, waren die anderen schon vollzählig da. Das hier war wichtiger als Musik hören, stricken oder im Schwimmbecken plätschern. Trix hätte sich ein Mauseloch gewünscht, oder ein Plätzchen in der Wüste, sie wäre auch gern da gewesen, wo der Pfeffer wächst. Doch sie wußte daß sie keine Wahl hatte. Wenn sie sich drückte, würden Hanni, Nanni oder eine andere Fräulein Theobald erzählen, was sie zu wissen glaubten – und was leider die Wahrheit war.

Wenn sie es nur ungeschehen machen könnte. Doch dazu war es zu spät.

Die Mädchen saßen im Kreis.

„Setz dich", sagte Jenni.

Dann erzählte Hanni noch einmal, was ihr am Samstag vormittag im Kaufhaus Obermüller passiert war. Trix hörte kaum zu. Sie wußte, was sich abgespielt hatte. Und das, was sie nicht wußte, konnte sie sich denken. Es war ja genau das gewesen, was sie bezweckt hatte. Sie hatte gewollt, daß man Hanni als Diebin verdächtigte und sie so lange festhielt, bis es für das Wettspiel zu spät war. Sie hatte gelogen, als sie sagte, sie müßte aufs Klo. Sie war durch den Personalausgang zu ihrem Rad gegangen und nach Lindenhof zurückgefahren.

Als Hanni fertig war, erzählte Nanni die Geschichte von dem blauen Seidentuch, das Trix in ihrer Tasche gehabt und nicht bezahlt hatte.

Dann wurde es still. Ein freundlicher Spätsommernachmittagswind rauschte in den Kastanienblättern. Einen Moment lang überlegte Trix, daß sie eine Chance hätte, zu kämpfen. Hanni konnte nicht beweisen, daß sie es gewesen war, die ihr die Shorts und das Stirnband in den Korb gelegt hatte. Und das blaue Tuch befand sich jetzt in Tessies Schrank. Von dem rosa Schal, den sie Bobby geschenkt hatte und den diese zufällig gerade heute trug, war nie die Rede gewesen. Den hatte Nanni offenbar nicht gesehen.

Es war ein kurzer und unendlich langer Augenblick. Trix schaute in die Runde. Alle Augen waren auf sie gerichtet. Aufmerksam, neugierig, gespannt, nicht gerade freundlich – aber auch nicht richtig böse. Die Mädchen warteten. Trix fühlte, daß ihr Mund trocken war. Sie schluckte. Daß sie alles falsch gemacht und sich unanständig verhalten hatte, wußte sie. Plötzlich, in diesem kurzen, langen Augenblick, begriff sie, daß sie es schon immer falsch gemacht hatte. Immer. Von Anfang an. Es war Unsinn gewesen, wie Tessie sein zu wollen, die Erste, die Beste, die Erfolgreichste. Sie war nicht Tessie und sie würde nie so sein wie sie. Sie war Trix, ein normales, durchschnittliches Mädchen mit einigen Fähigkeiten und einigen Schwächen. Auch Hanni war nichts anderes, sie spielte nur ein bißchen besser Handball als sie. Auch Nanni, Bobby, Katrin, Jenni, Carlotta... keine war wie Tessie. Wenn sie Tessie hätte vergessen können, oder ihre Mutter, die sie nur an Tessie maß, wäre alles leichter gewesen.

Trix schluckte wieder. Wenn sie alles ableugnete, hatte sie vielleicht eine Chance. Wenn sie zugab, daß Hanni und Nanni mit ihrem Verdacht recht hatten, würde man sie möglicherweise von der Schule weisen. Aber wenn sie jemals zeigen wollte, daß sie bereit war, den Versuch zu machen, Trix zu sein, nur Trix, nur sie selbst, dann mußte sie es jetzt tun. Sie senkte den Kopf.

„Es stimmt", flüsterte sie. „Ich habe gestohlen, und ich habe Hanni reingelegt. Es tut mir leid. Gehst du gleich zu Fräulein Theobald, Hanni? Wahrscheinlich muß ich mitkommen."

Hanni zuckte die Achseln.

„Ich weiß nicht", sagte sie langsam, „ob das nötig ist. Vielleicht können wir Fräulein Theobald aus dem Spiel lassen. Ich möchte nicht, daß du aus Lindenhof rausfliegst. Ich möchte, daß es dir wirklich leid tut, nicht nur deshalb, weil du siehst, daß du mit deinen unfairen Methoden nicht durchgekommen bist. Außerdem möchte ich, daß du dem Direktor von Obermüller, dem Herrn Müller, die Wahrheit sagst. Du mußt die Angelegenheit in Ordnung bringen. Wenn er nicht darauf besteht, Fräulein Theobald zu informieren, erfährt sie nichts. Seid ihr einverstanden?" rief sie den Mädchen zu.

„Wenn Trix Herrn Müller beichtet, daß sie es war und

nicht ich, dann halten wir dicht. Dann ist die Sache erledigt."

Die Freundinnen nickten. Hanni war betroffen, nur sie allein. Sie entschied, was geschehen sollte.

„Danke, Hanni", flüsterte Trix. „Du bist sehr anständig. Wann gehen wir ins Kaufhaus? Ich würde es am liebsten gleich tun. Dann habe ich es hinter mir."

Nanni lachte.

„Heute ist Sonntag. Da sitzt Herr Müller mit seiner Frau und den Kinderchen und der Schwiegermutter bei Kaffee und Kuchen. Ihr müßt bis morgen warten."

Natürlich. Trix hatte vergessen, daß Sonntag war. Bis morgen... das dauerte noch viele Stunden, in denen sie Angst haben würde, was dieser Herr Müller sagen und tun könnte. Die Polizei würde er wohl nicht holen.

Aber vielleicht würde er Fräulein Theobald alles erzählen. Oder ihren Eltern. Das wäre das allerschlimmste.

„Wie wollt ihr es machen?" erkundigte sich die praktische Jenni. „Montag haben wir keinen Ausgang. Wollt ihr heimlich runter in die Stadt? Hanni könnte auch sagen, sie müßte noch mal zum Zahnarzt."

Hanni überlegte. Dann schüttelte sie den Kopf.

„Nein, ich mag nicht schwindeln. Ich sage der Theobaldine, wir müßten eine private Sache regeln. Ich werde sie bitten, mich nicht zu fragen, worum es sich handelt. Ganz sicher werde ich Trix nicht verraten. Wenn sie wirklich nein sagt, müssen wir bis Freitag warten. Aber das glaube ich nicht. Fräulein Theobald hat ein unheimliches Gespür für Dinge, die wichtig sind und nicht nur ein blöder Streich. Sie läßt uns bestimmt gehen. Am liebsten wäre es mir, du kämst auch mit, Bobby", wandte sie sich an die Freundin. „Dann sind wir zu viert. Nicht nur wir Zwillinge mit Trix, sondern beinahe eine Abordnung der Klasse."

„Klar", stimmte Bobby zu. „Das ist doch selbstverständlich."

Anne stemmte sich hoch. Sie ärgerte sich wieder einmal darüber, daß sie so dick war, daß die einfachsten Dinge ihr schwerfielen. Aber sie aß nun mal wahnsinnig gern.

„Jetzt haben wir lange genug über Trix und die ganze Geschichte gequatscht", meinte sie in ihrer gemütlichen, etwas trägen Art. „Ich finde, wir könnten ein Marmeladebrot vertragen. Wenn ich mich nicht sehr irre, müßte der Tee fertig sein."

Als sie das sagte, merkten die Mädchen, daß sie ebenfalls Hunger hatten. Sie sprangen auf.

Nur Trix blieb sitzen. Hanni drehte sich zu ihr um und streckte ihr die Hand hin. „Los, komm mit", sagte sie.

Trix nahm ihre Hand und zog sich in die Höhe. Die anderen waren vorausgegangen.

„Du, Hanni", murmelte Trix und hörte selbst, wie rauh ihre Stimme klang. „Ich wollte... also, es tut mir wirklich leid." Sie mußte es Hanni noch einmal ganz persönlich sagen.

Hanni lächelte sie an. Es war ein offenes Lächeln ohne Haß, ohne Wut, mit einer Spur von Mitleid. Sie war schon nicht mehr böse. Trix hatte ihre Schuld eingestanden, sie würde sie auch Herrn Müller gestehen. Das war die Hauptsache.

„Ist gut, Trix", nickte Hanni. „Wenn wir morgen die Geschichte hinter uns gebracht haben, werde ich mich bemühen, sie zu vergessen. Nur du selbst... du darfst nicht alles vergessen."

„Ja", stimmte Trix zu. „Bestimmt nicht."

Sie meinte es ernst.

Fräulein Theobald hörte sich an, was Hanni ihr zu sagen hatte. Es war nicht viel. Nur, daß es notwendig wäre, daß sie, Nanni, Trix und möglichst auch Bobby am Montag nachmittag in den Ort gehen dürften. Sie bat die Direktorin, nicht zu verlangen, daß sie erzählte, worum es sich handelte. Es wäre eine Sache, die sie innerhalb der Klasse erledigen müßten.

Fräulein Theobald überlegte. Schließlich meinte sie: „Es gefällt mir nicht. Ich würde gern wissen, was ihr vorhabt. Aber andererseits – ich vertraue dir. Wenn du mir in die Hand versprichst, daß ihr keine Dummheit macht, daß ihr keinen Streich vorhabt, dann gebe ich euch die Erlaubnis."

Hanni schaute ihr gerade in die Augen.

„Es ist wirklich kein Streich. Das verspreche ich Ihnen. Und vielen Dank."

Die Mädchen wagten kaum, sich zu unterhalten

Am Montag war es zuerst einmal gar nicht so einfach, den vielbeschäftigten Herrn Müller zu erreichen. Als die Mädchen nach ihm fragten, hieß es, er wäre in einer Besprechung. Sie trabten viermal um den Marktplatz. Trix wurde immer nervöser. Endlich ließ man sie ins Vorzimmer. Aber sie mußten wieder warten. Herr Müller war beim Kaffeetrinken.

„Es wird noch etwas dauern", erklärte die Sekretärin. „Der arme Mann. Seit heute früh hetzt er von einem Termin zum anderen. Jetzt braucht er ein paar Minuten Ruhe."

Sie schien ihren Chef zu mögen. Die Mädchen saßen da und wagten kaum sich zu unterhalten, um die Sekretärin nicht zu stören, die eifrig auf ihrer Schreibmaschine tippte und zwischendurch telefonierte. Sie hätten auch kaum gewußt, worüber sie reden sollten. Die Sache, wegen der sie gekommen waren, ging die Serketärin nichts an, nur den Geschäftsführer.

Trix fühlte sich so schlecht wie noch nie, vielleicht mit Ausnahme von gestern, als sie der Klasse gegenübertreten mußte. Ihr war beinahe übel vor Angst.

Es dauerte fast eine halbe Stunde, bis Herr Müller erschien. Hanni wandte ihm den Rücken zu, so sah er Nanni zuerst. Er war verblüfft. Noch nie war eine Diebin, die er hatte gehen lassen, freiwillig zurückgekommen. Er traf sie höchstens wieder, wenn sie ein zweites Mal beim Stehlen erwischt wurde.

„Ich freue mich", sagte er, „daß du so viel Mut hast. Erzähl mir heute, *warum* du stehlen wolltest. Ich glaube, es tut dir gut, wenn du dich aussprichst. Du brauchst keine Angst vor mir zu haben, die Sache ist für mich erledigt."

Nanni lachte. Hanni stand auf.

„Ich bin Hanni. Das ist Nanni."
„Ach, Zwillinge!" Herr Müller lächelte.
„Und ich wollte Ihnen auch nicht erzählen, *warum* ich geklaut habe. Ich habe es nicht getan. Wir sind hier, um es zu beweisen, was ich neulich nicht konnte. Trix möchte mit Ihnen reden."

Herr Müller führte die Mädchen in sein Büro. Dann hörte er sich Trix' Bericht an. Zuerst sprach sie stockend, verhaspelte sich ein paarmal vor Aufregung. Er stellte einige kurze Zwischenfragen, sonst unterbrach er sie nicht. Nach einer Weile ging es besser. Als Trix fertig war, wandte sich der Geschäftsleiter Hanni zu.

„So war das also", sagte er. „Es tut mir leid, daß ich dir unrecht getan habe. Ich möchte mich bei dir entschuldigen, Hanni. Aber ich hoffe, du verstehst, daß ich nicht anders denken und handeln konnte."

Hanni nickte. „Natürlich."

„Und nun zu dir, Beatrix. Irre ich mich, wenn ich glaube, daß du nicht freiwillig gekommen bist, sondern, daß deine Freundinnen es von dir verlangt haben?"

Trix senkte den Kopf. „Ja, sie haben es verlangt!"

„Ich will jetzt überhaupt nicht von der Polizei reden", fuhr Herr Müller fort. „In deinem Fall gilt dasselbe wie für Hanni, als ich sie verdächtigte. Du bist noch sehr jung, und es war das erste Mal."

Trix biß sich auf die Lippen. Gott sei Dank wußte er nichts von den Tüchern, die sie gestohlen hatte. Hanni und die anderen beiden hatten darüber geschwiegen.

„Aber ich werde eure Schulleiterin und deine Eltern benachrichtigen müssen. Du hast gestohlen, das ist schlimm genug. Noch schlimmer ist, daß du es getan hast, um deiner Mitschülerin zu schaden. Du hast angenommen

– sogar gehofft –, daß ich Hanni erwischen und für eine Diebin halten würde. So war es ja auch."

Trix wurde auf ihrem Stuhl immer kleiner. Er hatte recht. Sie begriff nicht mehr, wie sie auf diese Idee hatte kommen können. Es war wirklich gemein gewesen...

Sie fing an zu weinen. Nun würde er also Fräulein Theobald anrufen. Die würde sie von der Schule weisen. Und ihren Eltern würden sie auch schreiben. Jetzt war alles aus. Bisher war Trix verletzt gewesen, weil Mami ihr bei jeder Gelegenheit Tessie als leuchtendes Beispiel vorhielt und ihr die ältere Schwester wegen ihrer besseren Leistungen vorzog. Sie war verbittert gewesen, weil sie sich ungerecht behandelt fühlte. In Zukunft hatten ihre Eltern keinen Grund mehr, sie zu lieben. Warum sollten sie eine Tochter lieben, die stahl und betrog und eine Kameradin auf die häßlichste Weise hereinlegte...

Im Zimmer war es so still, daß man die berühmte Stecknadel hätte fallen hören können. Die einzigen Geräusche waren Trix' Schluchzer und das ungeduldige Summen einer Biene, die sich hier herein verirrt hatte und nicht mehr wußte, wie sie hinausfinden sollte.

Dann gab Hanni sich einen Ruck.

„Bitte, Herr Müller", sagte sie, „bitte überlegen Sie es sich noch einmal. Bitte reden Sie nicht mit Fräulein Theobald und mit Trix' Eltern. Deshalb sind wir ja zu Ihnen gekommen. Weil wir – die ganze Klasse – nicht wollen, daß Trix rausfliegt. Und wenn ihre Eltern alles erfahren, ich glaube, das wäre sehr schlimm für Trix. Bitte, Herr Müller, könnten Sie es nicht so machen wie mit mir am Samstag, als Sie dachten, ich hätte die Sachen geklaut, und nur von ihr verlangen, daß sie nie wieder so etwas tut?"

„Bitte, Herr Müller", schlossen sich Bobby und Nanni an.

Er überlegte. Es imponierte ihm, wie diese Mädchen sich vor ihre Mitschülerin stellten, obwohl sie es nicht verdiente. Es war eine großherzige Haltung, zu der sich viele Erwachsene nicht hätten durchringen können. Vielleicht war es richtig, wenn er ihnen half. Sie sollten nicht die Enttäuschung erleben, daß ihre Anständigkeit nutzlos war. Vielleicht würde es auch Trix anspornen, sich zu bessern, wenn er dafür sorgte, daß sie der an sich gerechten Strafe entging. Meistens, dachte er, ist Güte besser als Strenge.

„Es tut mir so leid", weinte Trix. „Bestimmt."

„Gut", sagte Herr Müller nach einer langen Weile. „Da ihr drei anderen mich darum bittet... in Ordnung. Die Angelegenheit ist erledigt, ich werde nichts unternehmen."

„Danke", riefen die Mädchen, fast einstimmig.

„Danke", sagte Trix. „Vielen, vielen Dank."

Dann standen sie draußen auf dem Marktplatz und fühlten sich erleichtert. Nicht nur Trix, auch die anderen.

„Danke", sagte Trix noch einmal.

Diesmal galt es den Mädchen, die nicht ihre Freundinnen waren und die sich doch wie Freundinnen verhalten hatten.

Die Salto-Zwillinge

Als die vier Mädchen nach Lindenhof zurückkamen, sagte Trix, sie würde gern noch ein bißchen im Park bleiben. Niemand hielt sie zurück. Die anderen verstanden, daß sie sich scheute dabeizusein, wenn sie der Klasse berichteten, wie die Unterredung im Kaufhaus Obermüller verlaufen war. Außerdem sah sie verweint aus.

„Bin ich froh!“ sagte Hanni später, als sie sich gemeinsam mit Nanni zum Schwimmen umzog. Sie war glücklich. Die Diebstahlsgeschichte war aufgeklärt und in Ordnung gebracht. Herr Müller verdächtigte sie nicht mehr. Und Trix mußte Lindenhof nicht verlassen.

„Versuchst du heute auch mal einen Salto?“ fragte Nanni ihren Zwilling. „Nur einen ganz winzigen. Carlotta zeigt dir, wie du es machen mußt, sie hat's versprochen. Es wäre doch toll, wenn wir es gemeinsam lernen könnten, findest du nicht? Stell dir vor, wir springen eines Tages zusammen, Hand in Hand. Die Salto-Zwillinge...“ Sie kicherte.

„Mal sehen“, antwortete Hanni, aber in Gedanken war sie noch bei Trix.

Bestimmt würde sie nicht mehr stehlen oder sich so gemein verhalten, wie sie es getan hatte. Aber es würde nicht leicht für sie werden. Sie selbst hatte ihr verziehen. Richtig verziehen, sie war ihr nicht mehr böse. Es fiel Hanni leicht zu verzeihen, weil sie von Natur aus gutmütig und großherzig war. Es fiel ihr leichter, als zum Beispiel einen abgerissenen Knopf gleich anzunähen. Manchmal lief sie drei Wochen lang mit einer Sicherheitsnadel im heruntergetretenen Rocksaum herum.

Aber, überlegte sie weiter, und schlüpfte in ihren Badeanzug, würden auch die anderen Trix wirklich verzeihen? Auf jeden Fall würde man sie in Zukunft beobachten. Wenn mal irgendwo Geld verschwand – das war schon vorgekommen –, würden nicht alle tuscheln und vermuten, Trix könnte rückfällig geworden sein? Und würde sie selbst es schaffen, ihren verrückten Ehrgeiz abzulegen?

Nein, leicht würde es für Trix nicht werden, auch wenn ihr eine äußere Strafe erspart blieb.

„Was ist, gehen wir?" fragte Nanni.

„Klar, ich bin fertig. Aber meinen Salto lassen wir heute noch mal ausfallen. Nach dem ganzen Zirkus habe ich nicht die Nerven, auf den Bauch zu platschen. Und die Schramme am Kopf tut auch noch ein bißchen weh. Übrigens", fuhr sie fort, „meinst du nicht, daß die Theobaldine alles rauskriegt? Sie ist unwahrscheinlich klug. Außerdem hat sie Luchsohren. Sie hört das Gras wachsen und die Mäuse Eier legen."

Nanni lachte.

„Das mit den Luchsohren stimmt. Aber ich glaube eher, daß sie längst Bescheid weiß. Vielleicht wartet sie darauf, daß Trix ihr von sich aus die Wahrheit sagt."

„Trix? Das tut sie niemals."

Nanni zuckte die Achseln.

„Ich weiß es nicht. Vielleicht doch. Wenn sie will, daß wirklich alles wieder in Ordnung kommt, auch bei uns hier, dann sollte sie es tun, finde ich. Es muß ja nicht gleich heute sein. So, und nun habe ich genug von Trix. Ich möchte ins Wasser."

Sie rannte los.

Hanni folgte ihr.

Carlotta wartete am Schwimmbecken und winkte ihnen zu.

Währenddessen ging Trix durch das Hintertürchen des Gartens hinaus in den Wald.

Hanni vor allem, aber auch die anderen Mädchen hatten ihr geholfen. So war sie glimpflich davongekommen. Nach der schlimmen Nacht, die sie verbracht hatte, und nach dem schrecklichen Tag war es ein gutes Gefühl. Eine große Erleichterung. Sie hatte reinen Tisch gemacht, wenn auch nicht freiwillig. Nun brauchte sie keine Angst mehr zu haben und konnte neu anfangen. Ganz neu. Sie wollte sich ändern, sie wollte sich wirklich ändern. Wenn es um das nächste Handballwettspiel ging, würde sie sich nicht vordrängen und nicht darum kämpfen, in der Mannschaft spielen zu dürfen. Sie würde sich natürlich weiterhin anstrengen. Aber sie würde ihre Enttäuschung nicht zeigen, wenn es wieder nicht klappte. Und sie würde Hanni umarmen, wenn die ein Tor warf, und sich bemühen, nicht neidisch zu sein.

Einen Moment lang war Trix beinahe fröhlich. Die Tannennadeln unter ihren Sohlen knackten, es duftete nach Bäumen, Pilzen und Moos! Sie pflückte ein paar Brombeeren. Irgendwo raschelte es im Unterholz. Vermutlich ein Hase. Es war schön im Wald. Trix war froh, daß sie nicht mit den anderen ins Haus gegangen war. Zuzuhören, wie Hanni, Nanni und Bobby der Klasse das Gespräch mit Herrn Müller wiederholten... nein, das hätte sie jetzt nicht überstanden.

Schon kehrte die Angst zurück. Vielleicht würde es trotz ihrer guten Vorsätze sehr schwer werden, in Lindenhof Freundinnen zu gewinnen, nach dem, was geschehen war. Trix fühlte, wie sie den Mut verlor, den sie erst vor ein paar Minuten neu gewonnen hatte. Sie war eben schwach und auch ein bißchen feige, dachte sie. Daß es ihr nichts ausmachte, vom Drei-Meter-Brett ins Wasser zu springen oder auf einen Baum zu klettern, bedeutete gar nichts.

Sie überlegte, ob sie ihre Eltern bitten sollte, nach Hause zurückkommen zu dürfen. Sie würden bestimmt keine Schwierigkeiten machen, schließlich hatten sie Trix nicht gezwungen, ins Internat zu gehen. Sie hatten nur gemeint, es wäre eine gute Idee, und Trix hatte das auch gefunden.

Aber wie sollte sie es schaffen, anders zu werden?

Trix spuckte die letzte Brombeere aus, sie war zu sauer gewesen. Nein, nach Hause wollte sie doch nicht. Was wollte sie eigentlich? Sie setzte sich auf einen Baumstumpf. In der Ferne hörte sie einen Zug vorbeifahren. Ein Specht klopfte.

Plötzlich begriff Trix, daß es nicht genügte, Hanni zu

Wenn ich so werden könnte wie Bobby, dachte Trix

umarmen und so zu tun, als wäre sie nicht eifersüchtig. Sie mußte innerlich aufhören, die Beste sein zu wollen. Es konnte einfach nicht jede die Erste und die Beste sein. Hier in Lindenhof hatte sie viele Mädchen kennengelernt, die an allem teilnahmen und sich um gute Leistungen bemühten und die trotzdem nicht ernsthaft traurig waren, wenn es nicht zu einem Sieg reichte. Mädchen, die Freundinnen hatten, die man gern mochte und die zufrieden waren. Bobby zum Beispiel. Sie konnte eine Menge Dinge gut, aber die Erste war sie nirgendwo.

„Wenn ich so werden könnte wie Bobby ..." dachte Trix.

Doch zu Hause war es wahrscheinlich noch schwerer als in Lindenhof. Auf einmal wußte sie, was sie sich wünschte: fort von hier, nicht zu den Eltern und zu Tessie zurück, sondern in ein anderes Internat. Sie hatte manches gelernt. Beim nächsten Mal würde sie es besser machen. Das nahm sie sich fest vor.

Sie schaute auf ihre Armbanduhr. Es war Zeit umzukehren, sonst würde sie zu spät zum Abendessen kommen. Sie stand auf, lief den Tannennadelpfad zurück. Kurz vor dem Gartentor blieb sie noch einmal stehen. Wenn sie alles besser machen wollte, mußte sie sofort damit anfangen. Und zwar damit, daß sie Fräulein Theobald die Wahrheit sagte. Dann würde sie den Eltern schreiben und sie bitten, ein neues Internat für sie zu suchen.

Ob sie Mami auch eingestehen sollte, was sie getan hatte? Davor fürchtete sich Trix am meisten.

Trix riß das Gartentor auf, knallte es hinter sich zu und rannte über den Rasen. Schon von weitem hörte sie den Gong, der zum Essen rief.

Ende gut, alles gut

Was zwischen Fräulein Theobald und Trix gesprochen wurde, erfuhr die Klasse nicht. Nur Trix selbst wußte, wie gütig die Direktorin gewesen war, nachdem sie ihr alles erzählt hatte.

„Du brauchst Lindenhof nicht zu verlassen“, sagte sie. „Ich will es nicht verlangen. Du bist freiwillig zu mir gekommen, um mir die Wahrheit zu sagen. Das läßt mich hoffen, daß du es mit deinen guten Vorsätzen ernst meinst. Deine Mitschülerinnen – Hanni vor allem – haben dir verziehen. Es war nicht richtig von ihnen, eine so schwerwiegende Angelegenheit allein regeln zu wollen, ohne mich oder eine der Lehrerinnen ins Vertrauen zu ziehen. Aber ich bin nicht böse. Sie haben menschlich anständig gehandelt und dir Freundschaft bewiesen. Ihr sollt vieles hier in Lindenhof lernen, um euch im späteren Leben, im Beruf, in der Ehe oder in beidem zu bewähren. Aber das wichtigste, das ich euch mitgeben möchte, ist Menschlichkeit. Ich wünsche mir, daß auch du ein bißchen Menschlichkeit gelernt hast...“

Trix nickte. „Ja, das habe ich, Fräulein Theobald.“

„Jetzt liegt die Entscheidung bei dir – und natürlich bei deinen Eltern – ob du bleiben oder in ein anderes Internat gehen möchtest.“

„Ich möchte fort“, erklärte Trix.

Die Direktorin nickte nachdenklich.

Es war wohl wirklich das beste. In einer anderen Schule, wo niemand wußte, wie häßlich sie sich benommen hatte, würde man Trix unbefangen aufnehmen. Dort würde es ihr leichter fallen, ihre guten Vorsätze zu verwirklichen.

Eine Woche später war alles geregelt. Frau Fellner war zwar nicht gerade begeistert, daß ihre Tochter nach so kurzer Zeit schon wieder das Internat wechseln wollte, sie wußte auch nicht genau, warum. Trix hatte ihr nur von Problemen geschrieben. Das was sie ihren Eltern eines Tages erzählen würde, konnte sie nicht in einem Brief oder am Telefon sagen. Trotzdem war die Mutter einverstanden. Und wenn sie es war, war es der Vater auch. Die Erziehung der Kinder hatte er von Anfang an seiner Frau überlassen.

Frau Fellner telefonierte mit Trix und Fräulein Theobald. Dann machte sie sich auf die Suche nach einem neuen Internat.

Als Trix ihren Mitschülerinnen sagte, sie würde demnächst Lindenhof verlassen und in ein anderes Internat gehen, das näher an ihrem Heimatort lag, fragten sie nicht viel.

Nur Hanni wollte mehr wissen. „Es ist wegen der Diebstahlsgeschichte, stimmt's? Und nicht deshalb, weil du von Elisenhöhe jedes Wochenende heimfahren kannst, wenn du willst. Hast du Angst, du könntest es bei uns nicht mehr gutmachen?"

Trix zuckte die Achseln. „Ich weiß es nicht. Ich möchte es gutmachen, aber ich glaube, anderswo ist es nicht ganz so schwer. Ihr werdet mich auf jeden Fall nicht vermissen."

Hanni wußte nicht, was sie antworten sollte.

Als Trix von ihrer Mutter abgeholt wurde, hatten die Mädchen Französischunterricht. Mamsell hatte gerade mit den von ihr geliebten und von den Schülerinnen verabscheuten unregelmäßigen Verben begonnen, da hörte Nanni den Wagen vorfahren.

Trix hatte sich nach dem Frühstück verabschiedet und ihre Sachen fertiggepackt, während die anderen die ersten Schulstunden absolvierten.

„Da, der rote Wagen“, flüsterte Nanni ihrer Schwester zu. „Eine ziemlich schicke Dame steigt aus. Das ist Trix' Mutter.“

Hanni brauchte nur eine Sekunde, um zu überlegen. Dann hob sie die Hand.

„Ja, ma chère?“ sagte Mamsell. „Wie schön, daß sich endlich jemand freiwillig meldet. Du möchtest uns also das Verb coire, glauben, konjugieren. Ich glaube...“

„Entschuldigen Sie, Mamsell“ erwiderte Hanni. „Ich wollte nicht konjugieren, freiwillig schon gar nicht. Ich habe nur gesehen, daß Trix gerade von ihrer Mutter abgeholt wird. Da dachte ich... Bitte, dürfen Nanni und ich rasch hinausgehen und uns noch mal von ihr verabschieden?“

„Es dauert nicht lange“, fügte Nanni hinzu.

Mamsell zögerte. Sie konnte es nicht leiden, wenn irgend etwas oder irgend jemand ihren Unterricht störte. Manchmal kamen die Mädchen auf die unmöglichsten Ideen, um eine Unterbrechung herbeizuführen. Einmal hatten sie ihr Käfer ins Brillenetui gesteckt. Und sie ekelte sich doch so vor Insekten. Mamsell war empfindlich und kompliziert. Und sie konnte sehr reizbar sein. Aber sie hatte ein gutes Herz. Sie wußte nicht genau, warum Trix nach so kurzer Zeit Lindenhof wieder verließ. Fräulein Theobald hatte versprochen zu schweigen und ihr Versprechen gehalten. Doch Mamsell wußte genug. Sie wußte, daß Hanni einem Mädchen gegenüber freundlich gewesen war, das sich ihr gegenüber schlecht benommen und sie in eine böse Situation gebracht hatte. Wenn Hanni zum Abschied beweisen wollte, daß sie der anderen nichts nachtrug…

Mamsell lächelte mit ihren großen, etwas gelblichen Zähnen, die die Mädchen respektlos als Pferdezähne bezeichneten.

„In Ordnung. Du kannst Trix auf Wiedersehen sagen. Aber ich denke, vielleicht sollten wir alle gemeinsam gehen."

So kam es, daß Trix von der ganzen dritten Klasse verabschiedet wurde. Hanni schlug ihr auf die Schulter. „Mach's gut", sagte sie.

Trix nickte. „Danke, ich werde mich anstrengen."

Frau Fellner blieb im Hintergrund, sie mischte sich nicht ein. Sie freute sich, daß ihre schwierige Tochter in kurzer Zeit so viele Freundinnen gefunden zu haben schien. Allerdings begriff sie um so weniger, warum Trix von Lindenhof fort wollte. Vielleicht würde sie es eines Tages erfahren. Sie beschloß, Trix nicht zu fragen. Wenn sie reden wollte, würde sie es von selbst tun. Aber sie nahm sich vor, Trix in Zukunft zu zeigen, daß sie sie genauso lieb hatte wie Tessie.

Trix stieg ins Auto, ihre Mutter wendete, dann fuhr sie langsam durchs Tor. Fräulein Theobald, Mamsell und die Mädchen winkten. Trix winkte zurück. An der Kurve, von der aus man Lindenhof zum letztenmal sehen konnte, drehte sie sich um.

Am liebsten hätte sie auf Wiedersehen gerufen, aber zu einem Haus konnte man so etwas schließlich nicht sagen, fand sie. Sie hätte sich in Lindenhof wohl fühlen können, wenn… ja, wenn…

Diesmal, in Elisenhöhe, würde sie es schaffen. Sie wußte es.

„Deine Freundinnen haben dich nicht Beatrix genannt, sondern Trix?“ sagte die Mutter plötzlich.

Trix nickte.

Die Mutter lächelte.

„Ich glaube, dann tue ich es auch. Obwohl ich Beatrix immer noch viel hübscher finde. Aber vielleicht ist das nicht so wichtig.“

„Ich fände es nett“, meinte Trix und bemühte sich, nicht zu zeigen, wie sehr sie sich freute.

Die Mutter nahm eine Hand vom Steuer und strich ihrer Tochter über die Wange, nur ganz kurz.

„Mein Trixie-Mädchen“, sagte sie.

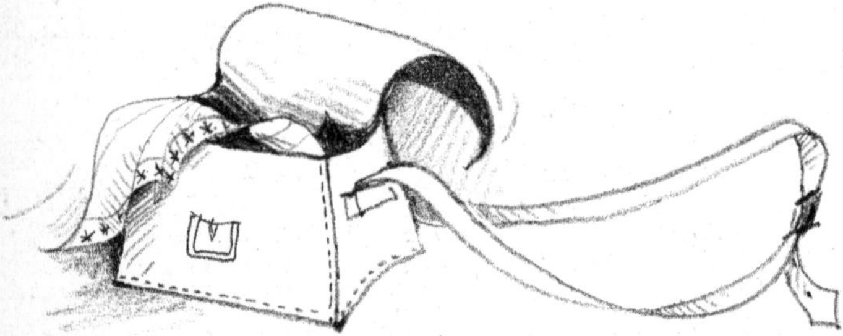

8000 München 46 · Frankfurter Ring 150
Titelbild und Illustration: Nikolaus Moras
ISBN: 3 505 09067-0
Bestell-Nr.: 9067

Ein weiterer Band ist in Vorbereitung

Enid Blyton:
Hanni und Nanni-Serie

HABE ICH		WÜNSCHE ICH MIR
	Hanni und Nanni sind immer dagegen (Band 1) Die Zwillinge hecken nur lustige Streiche aus	
	Hanni und Nanni schmieden neue Pläne (Band 2) Die Zwillinge lösen ein Geheimnis	
	Hanni und Nanni in neuen Abenteuern (Band 3) Die Zwillinge meistern eine lustige Situation	
	Kein Spaß ohne Hanni und Nanni (Band 4) Die Zwillinge organisieren eine Mitternachtsparty	
	Hanni und Nanni geben nicht auf (Band 5) Die Zwillinge fürchten die Neuen	
	Hanni und Nanni im Geisterschloß (Band 6) Die Zwillinge erleben eine Spuknacht	
	Hanni und Nanni suchen Gespenster (Band 7) Die Zwillinge lassen Gespenster lebendig werden	
	Hanni und Nanni in tausend Nöten (Band 8) Die Zwillinge beschützen eine Freundin	
	Hanni und Nanni groß in Form (Band 9) Die Zwillinge plaudern aus der Schule	
	Hanni und Nanni geben ein Fest (Band 10) Die Zwillinge laden zum Partyschmaus ein	
	Lustige Streiche mit Hanni und Nanni (Band 11) Die Zwillinge und ihr glanzvolles Mondscheinfest	

Gib diesen Wunschzettel Deinen Eltern oder Großeltern oder allen, die Dir gerne eine Freude machen wollen.

HABE ICH		WÜNSCHE ICH MIR
	Hanni und Nanni und ihre Gäste (Band 12) Die Zwillinge helfen in der Fuchsenmühle	
	Fröhliche Tage für Hanni und Nanni (Band 13) Die Zwillinge spielen Mamsell einen Streich	
	Hanni und Nanni gründen einen Klub (Band 14) Die Zwillinge und der „Klub der Spatzen“ erregen Aufsehen	
	Hanni und Nanni im Landschulheim (Band 15) Die Zwillinge und die Bewohner der Pferdeburg	
	Hanni und Nanni bringen alle in Schwung (Band 16) Die Zwillinge veranstalten ein Konzert	
	Hanni und Nanni sind große Klasse (Band 17) Die Zwillinge und das große Spiel	
	Hanni und Nanni · Die besten Freundinnen (Band 18) Die Zwillinge gehen auf Reisen	
	Hanni und Nanni · Sammelband I Umfaßt 3 Bände voller lustiger Streiche	
	Hanni und Nanni · Sammelband II Umfaßt 3 Bände voller Abenteuer	
	Hanni und Nanni · Sammelband III Umfaßt 3 Bände mit Spuk und Spaß	
	Hanni und Nanni · Sammelband IV Umfaßt 3 Bände aufregender Erlebnisse	
	Hanni und Nanni · Sammelband V Umfaßt 3 Bände spannender Ereignisse	

Gib diesen Wunschzettel Deinen Eltern oder Großeltern oder allen, die Dir gerne eine Freude machen wollen.